中年男のオックスフォード留学奮戦記

ユダヤ世界に魅せられて

Oxford

Jerusalem

広瀬佳司 著

彩流社

はじめに——イディッシュ文学と私

誰の人生にも岐路《きろ》というものがある。私の場合は、イディッシュ語作家アイザック・バシェヴィス・シンガーの作品との出会いがそれであった。一九七八年にノーベル文学賞を受賞したばかりのシンガーの作品『ショーシャ』(一九七八年)に出会った。私がアメリカ留学から帰国したばかりの二十三歳の時の事だ。母校の大学院で、ある米国人教授の授業を履修した。すると、最初の授業で教授が三人のアメリカ作家の作品を大学院生に見せてくれた。そして、どれか一冊選んでレポートを書くという課題が出された。なにげなく私が選んだのがシンガーの『ショーシャ』だったのだ。これが私の運命を左右する選択になった。今となっては、それが私の選択であったのか、あるいは私が選ばれたのか判然としない。教授からシンガーの本を渡されて自宅で読み始めた。それまでユダヤ教などに関心もなかった私だったので、タルムード文化とか、ヘブライ語、アラム語、イディッシュ語などという言葉に初めて接し、全くわけもわからずに読み始めた。意外にも、ユダヤ教の伝統文化の話、主人公の少年が夢見る「大宇宙」「小宇宙」という想像世界に、私は幼い頃の自分自身の姿を重ねることができた。ユダヤという遠い世界の話が、妙に近く感じられたから不思議だ。主人公が考える宇宙の神秘は、孤独な子供の頃の私が耽《ふけ》っていた夢想世界そのものだった。

当時はイディッシュ文学など意識もしなかったが、結局それが契機となりユダヤ世界に入ることになった。大学院生の当時、私はまだイギリス・ヴィクトリア朝の女流作家ジョージ・エリオット研究に没頭していた。エリオットは、既婚者の文芸評論家ジョージ・ヘンリー・ルイスと、十九世紀当時はまだ社会的に許されていなかった同棲生活を始めるほど反骨精神のある女流作家だった。大学院生の私には彼女の長文は難解だったが、毎日十ページまとめることを日課にしていたおかげで、三十三歳になった時には初めての研究書『ジョージ・エリオット：悲劇的女性像』を出版することができた。エリオットの最後の大作『ダニエル・デロンダ』（一八七六年）には、反ユダヤ主義的な傾向が強かった当時では珍しく英雄的なユダヤ人主人公が登場する。イギリス貴族の一員であると信じられていた主人公のデロンダが、実はユダヤ人であったのだ。自分の真のアイデンティティに目覚めた彼は、同胞のユダヤ民族のためにシオニズム運動に身を捧《ささ》げる。大学一年生の時から私が興味を抱いていたジョージ・エリオットが、実はユダヤ世界と繋がっていた。こうして私の中で、入り口は大きく異なっていたがエリオットとシンガーという作家が融合した。やはり運命的なものを感じる。

十八歳で大学に入学して特別な理由もなく第二外国語にドイツ語を選択したことも、のちに私のイディッシュ語研究への導入となった。それを機に少しずつドイツ語との縁ができ、ワシントン大学大学院留学中もイギリス文学とドイツ文学の比較文学を修めることができた。ワシントン大学大学院の授業で一番心に残った授業が、エドワード・アレキサンダー教授のヴィクトリア朝文学のクラスだった。英語のできない留学生の私の質問に懇切丁寧に応じてくれたアレキサンダー教授のもとで、ジョージ・エリオットの研究をした。

十年後に、イディッシュ語という高地ドイツ語を基礎にしたユダヤ人の言葉にすぐに親しみを持てたのは、こうしたドイツ語学習のおかげである。イディッシュ語は、もともとライン川付近に九世紀頃に移住したユダヤ人が、土地のドイツ語にヘブライ語やアラム語を交《まじ》え、のちにスラブ語を加えて作り上げた混成語なのだ。そのために、非常にドイツ語的で、高地ドイツ語の方言とみなされた時期もある。イディッシュ語は、ヘブライ文字表記のために一見日本人には手が出ない印象を与えるが、ドイツ語の素養があれば導入部分は予想外に容易だ。

そんなわけで三十四歳で初めて独習した第三外国語だったが、それほど大変には思わなかった。しかし、初めてオックスフォード大学でイディッシュ文学夏季コースを受講した最初の二週間というもの、教授やクラスのユダヤ系の人々が話すイディッシュ語は文字通り一言も理解できなかった。言語学習で初めて味わう挫折感だった。それでもしばらくすると、ドイツ語の連想でずいぶん聞き取れる言葉が増えてきた。しかし、子供のころから家庭で祖父母の言葉としてイディッシュ語に親しんできたユダヤ系学生の早口な会話は理解できなかった。そんなショッキングな経験が私に、学問上の大きな軌道修正をもたらした。今まで大部分の時間を費やしてきたイギリス文学を断念し、イディッシュ文学の世界に飛び込んだのだ。大きな不安があったことは言うまでもない。三十代は研究家にとってこの上なく大切な、研究の土台を作る時期だからだ。例えてみれば、「トヨタ自動車の研究所を退職して、下町の町工場に入り、ロケット作りを夢見た」のだ。何か大きな力に後押しされるかのように、イディッシュ文学の世界にのめりこんだ。おそらく二、三年で断念すれば何も身につかず、無駄な時間を過ごしたことになっただろう。しかし、多くのユダヤ系の人々が、挫折しそうな私に優しく手を差し伸べてくれた。おそらく消えゆく言語への熱い思いが彼らにはあったからであろう。

シンガーの友人に、一九三九年、第二次世界大戦直前に演劇の仕事でたまたま米国に渡った偉大なイディッシュ語詩人のアーロン・ツァイトリン(Aaron Zeitlin, 1899–1973)がいる。「ドナ・ドナ」の原詩を書いた人物だ。彼が米国に滞在している間に第二次世界大戦が始まり、妻も家族もすべて失う。そのツァイトリンが俳句のような短い詩を残している。

六行詩
私を必要とする者は誰もいないことは承知している。
ユダヤ人墓地で乞食《こじき》のように言葉を探し求める私など、
誰が詩など必要とするだろう、とりわけイディッシュ語の詩など。

この地上で希望のないものこそ美しい、
失われていくものこそ素晴らしい、
謙虚さこそが反逆心なのだ。

この詩には、イディッシュ語の消えゆく運命、そしてその言語の持つ特殊な意味を称賛するツァイトリンの思いが綴《つづ》られている。イディッシュ語の宿命を共有していたシンガーには、ツァイトリンの気持ちがよく理解できたのであろう。シンガーは友人でもあるこの詩人に敬意を表している。「ツァイトリンは深遠な知識と真の精神を兼ね備えた巨人である」と記している。

正式にオックスフォード大学大学院課程で学ぶころには、少しずつショレム・アレイヘムやシンガーの文学もイディッシュ語で読めるようになった。シンガーに関する研究書も英語やイディッシュ語で読むようになり初めて気づいたことがあった。ワシントン大学大学院生時代に、私にヴィクトリア朝文学を懇切丁寧に教えてくれたアレキサンダー教授こそ、シンガー文学の著名な研究家で『アイザック・バシェヴィス・シンガー研究』(一九八〇年)の著者であったのだ。教授の専門に気づくまでにずいぶんの時が流れていた。

恥ずかしいことだが、アレキサンダー教授の研究書を実際手にして読むまで、同一人物だとは全く気付いていなかった。しかし、オックスフォード大学留学後、日本から教授に連絡を取ると、教授は私がイディッシュ文学を修めたことに驚かれたが、とても喜んでくれた。そして、すぐにワシントン大学に講演者として招待までしてくれたのだ。イディッシュでは、親しい知人に久しぶりに出会う時「ショレム・アレイヘム」という挨拶表現を用いる。文字通りには「平安が・あなたにありますように」という意味で「こんにちは、ご機嫌いかがですか」という挨拶になる。言われた方は語順を逆にして「アレイヘム・ショレム」「あなたにこそ・平安がありますように」と返す。これが初級イディッシュ語会話で最初に学ぶ大切な表現である。私をワシントン大学の講演会場で待ってくれていたアレキサンダー教授は、私が会場に入るとニコニコして「ショレム・アレイヘム!」と声をかけてきた。私が「アレイヘム・ショレム」と返すと、教授は「僕はこれしかイディッシュ語は話せないよ!」と屈託なく笑った。確かに、大学院の授業ではイディッシュ語への言及は全くなかった。講演が始まるまで教授は、アイザック・シンガーを大学へ招待したときの思い出話をしてくれた。アレキサンダー先生にとってもイディッシュ語は消えゆく言語なのだろう。

これを皮切りに、過去二十数年はほぼ毎年、主にアメリカとカナダで講演の機会が与えられた。二〇二〇年は残念ながらコロナ禍で海外へは渡航ができなかったが、すでに本書の最終章で書いたように、二〇二一年はＺｏｏｍを用いてトロント、ロサンゼルス、ニューヨークを結んでの講演ができた。おかげで今日に至るまでのおよそ三十年間の大部分の時間をイディッシュ文学・イディッシュ語学に没頭することができた。

アメリカやカナダの講演でありがたいのは、毎回いろいろな職種や立場のユダヤ系の人々に会えることだ。二〇〇〇年にロンドンで開催された世界ホロコースト会議に参加が認められ、およそ五百人のホロコースト生存者に会うことができた。そのうえ、ゲスト講演者のノーベル平和賞受賞者のエリ・ヴィーゼル氏(Elie Wiesel, 1928–2016)とも短時間だが話をすることができた。またその際に、ボストン在住のホロコースト生存者の故レジーナ・バシャック夫人とも出会うことができた。その後、ボストンのレジーナさん宅には何度もお邪魔して、いろいろとホロコーストに関する体験を語ってもらった。この頃から、私のホロコースト観が徐々に変化してきた。今までは直接ホロコーストを経験していないユダヤ系アメリカ人作家が描いた作品を通して、あるいは歴史書でユダヤ人大虐殺の歴史を概念的に捉えていた。しかし、実際に生き抜いた人々から直接聞くホロコーストの残虐さには大きな差があることに気づいた。と同時に、日本人救助者の視点からホロコーストを見るようにもなった。杉原千畝《すぎはらちうね》や小辻節三《こつじせつぞう》のように、身を挺《てい》してユダヤ人救済にかかわった人々の熱い思いに深い関心を持つようにもなったのだ。

特に、ヘブライ語学者の小辻節三の自著『東京からエルサレムへ』(*From Tokyo to Jerusalem*, 1964)には強い感銘を受けた。小辻は、京都の下賀茂神社の神主の家系に生まれながらもプロテスタントの牧師になり、そして最終的には六十歳でイスラエルへ渡りユダヤ教に改宗するという数奇な運命を辿《たど》る学者だ。キリスト教を経てユダヤ教に惹かれた小辻の一生に私自身の選択が重なるように思える。イギリス文学の華であるヴィクトリア朝のジョージ・エリオット研究からユダヤ系作家アイザック・バシェヴィス・シンガーの研究、そしてユダヤ人救助者の日本人研究へと回帰してきた自分自身にも小辻博士に相通じるものを感じる。

アメリカ留学をした小辻はニューヨークで過ごすが、あくまでもキリスト教の研究をしていたので当然だが、毎日のように目にした数多くあるユダヤ教会シナゴーグは視界に入らなかったようである。のちに一家でカルフォルニアへ行きユダヤ学・聖書ヘブライ語を学ぶまでは、ユダヤ人の存在にも無関心であったようだ。一九二七年から三十一年にかけて、私立大学「太平洋神学校」（The Pacific School of Religion in Berkeley, California）で博士号（神学）を取得した。その時の論文が『セム文字の起源と進化』（*The Origin and Evolution of the Semitic Alphabets*）である。のちに、同じ題名で東京の教文館から一九三七年に出版された。文字通り、ヘブライ文字の起源とその進化過程をまとめた地道な研究成果である。

小辻節三のような学者の業績を真に評価するにはユダヤ系文学を研究し、ユダヤ人の世界にも精通していなければならないと思う。小辻は日本人であり、ユダヤ人でもあるからだ。杉原千畝研究と大きく異なる点はそこである。杉原にとり、リトアニアの日本領事館の副領事として通過ビザを発行することは仕事の一部であった。つまり、杉原に関する資料は外務省外交資料室に豊富に残されている。それを克明に調べ上げた人物が『諜報の天才　杉原千畝』（二〇一一年）を著した白石仁章《しらいしまさあき》氏である。外務省外交史料館勤務の白石氏は、豊富な裏付け資料を基に杉原千畝の業績を克明に復元している。これ以上の研究書は過去にもなく、これからも書かれないのではないだろうか。これが日本人側から評価できる杉原千畝像である。

杉原千畝と比較すると小辻節三の資料は非常に少なく、多くは彼自身が英文で著した『東京からエルサレムへ』や、親交のあったユダヤ人の証言や記録本による他に研究の手立てはほとんどない。小辻が一九三一年から三三年の二年弱教鞭を執《と》った青山学院大学の図書館にも先述した英文の『セム文字の起源と進化』しかない。全く注目を浴びていない無名の一ヘブライ語学者である。『東京からエルサレムへ』をわかりやすく日本語にまとめ、俳優の山田純大氏が『命のビザを繋いだ男』（二〇一三年）として出版している。山田氏は小辻節三に個人的な興味を抱き、小辻の二人のお嬢さんと親交を持ったということだ。あとは、ラビ・ピンハス・ヒルシプルングがイディッシュ語で著した『涙の谷』（*Fun Natsishen Yomertole: Zikhroynes fun a Polit*, 1944. 英訳：*The Vale of Tears*, 2016）の最終章に小辻節三のユダヤ人救済活動について記されている程度でしかない。

そろそろ我々ユダヤ系作家研究をしている大学人も、日本独自のホロコースト研究に目を向ける時期かもしれない。山田氏のように純粋に日本人としての小辻節三の研究ではなく、彼とユダヤ人の関係性を研究することはアメリカやヨーロッパのユダヤ系文学・ホロコーストの歴史に携わる研究者が架けるべき橋ではないかと思う。また、小辻節三がユダヤ人側からはいかに理解されているのかという問題も興味深い。ヘブライ語学者であった小辻は、私のスタンスととても似ているところがある。つまり、小辻がなぜユダヤ世界に惹かれ、どうして最終的にはユダヤ教に改宗したのかは、彼とユダヤ人の個人的な関係を考慮に入れないとわかりづらい。これが新たな日本発ホロコースト研究にもなると思う。

小辻が著した『東京からエルサレムへ』は実に想像力豊かで、まるで小説のような自叙伝に仕上げられている。彼の幼少時期からその自伝は始まっているのだ。中でも秀逸なのは、節三少年が初めて旧約聖書に出会い、大きな感動を覚えた一節だ。ユダヤ教と神道の類似性を鋭く見抜いていた。この聖書との出会いがユダヤ教への導入だった。

多くのユダヤ人犠牲者の母語であるイディッシュ語を通して、ホロコースト時のユダヤ人救助者の研究を進めたが、その過程でいろいろな興味深い発見があった。その一つが現代アメリカ文学作家マイケル・シェイボンの傑作『カヴァリエ&クレイの驚くべき冒険』(*The Amazing Adventures of Kavalier & Clay*, 2000)を読んでいる際に見つけた気になる誤解だ。この作品は翌二〇〇一年にピュリッツァー賞も受賞しているシェイボンの傑作である。舞台は「一九三九年の秋」に始まる。主人公の一人、少年ジョゼフ・カヴァリエはチェコ生まれ。彼は、家族の一縷の期待を背負いプラハを経由して、リトアニアの日本領事館でビザを取得し、シベリア横断鉄道でウラジオストクへ、そこから日本へ渡り、ついにはニューヨークのアメリカの叔母の家に亡命してくる。

ほどなく彼は、キュラソー島へのビザを狂おしい勢いで発行しているという、コヴノのオランダ領事の噂を耳にした。その領事は、オランダの植民地へ向かうユダヤ人には誰にでも日本帝国経由の通過資格を与えている。日本領事と協力してことを進めていた。二日後、ジョゼフはシベリア横断鉄道に乗っていた。一週間後、ウラジオストクに着き、そこから船で神戸に向かった。神戸から船でサンフランシスコに。

（『カヴァリエ＆クレイの驚くべき冒険』早川書房、二〇〇一年、菊池よしみ訳）

コヴノ（ポーランド語 Kovno）というのはリトアニアのカウナス（リトアニア語 Kaunas）の事である。日本領事とは杉原千畝のことであろう。ここで話題となっているのは日本通過ビザである。当時はオランダ領であったキュラソー島への入国ビザなどは要求されていなかったが、ヤン・ツヴァルテンジックというオランダ領事と杉原が知恵を出し合い、その地を日本通過ビザ発行に必要な行先国としたのである。ジョゼフがこのビザを持ち、シベリア横断鉄道でウラジオストクに着いたところまでは問題はない。しかし、「そこから船で神戸に向かった」という点は間違いである。ジョセフが着いたのは福井県敦賀市であるはずだ。福井に到着したユダヤ難民は当地で人情深いもてなしを受けた。そのことは、その当時に敦賀を通過したユダヤ難民の証言をもとに記録映画になり残っている。当時はウラジオストクから神戸へ向かう船などはない。ユダヤ難民が乗船し敦賀へ送り届ける任務を果たしたのはジャパン・ツーリスト・ビューロー（現JTB）の「天草丸」であり、それは同社の誇る歴史として語り継がれている。この点は名称の間違いとして処理できるかもしれない。しかし、シェイボンの事実誤認はそれだけではない。

シェイボンの大きな誤解は時代考証である。主人公のジョセフが「一九三九年の秋」にアメリカに到着したように記されている点だ。杉原副領事がヤン領事と相談して、大量の日本通過ビザを発行したのは一年後の一九四〇年七月二十六日から八月末の短い期間だけである。シェイボンの歴史誤認は重大だ。確かに、シェイボンは改変歴史SFでホロコーストを扱った大作『ユダヤ警官同盟』（*The Yiddish Policemen's Union*, 2007）を後に著すが、この『カヴァリエとクレイの驚くべき冒険』はかなり歴史に忠実にホロコーストを正面から扱っているのに、歴史認識に大きな誤りがあるのは非常に残念である。こうした過ちを指摘することも、ユダヤ系文学を研究している日本人研究者の責務であろう。ホロコーストの学問に通じているユダヤ系文学と歴史の専門家でないと、この点は容易に見落としてしまう。いかに小説とはいえ、ホロコーストにまつわる誤った歴史認識は看過《かんか》すべきではないだろう。

そしてこれからは、アメリカ文学といえども日本人研究家がその過ちを指摘すべき時代になってきているのではないだろうか。海外文学といえども比較文学的に双方向の研究がなされるべき時代であろう。そのためには、我々日本の研究者も従来の学問領域の垣根を低くすべきであろう。その結果、思わぬ発見があることに気付くはずだ。

イディッシュ語というキーワードで今まで書いてきたように私が様々な国や文化の人々にお会いして気付くことは、この言葉がいかに世界の多くの国々で用いられてきたかということだ。イディッシュ語とは離散の民が、離散したがゆえに学ぶことができた普遍的な叡智《えいち》に満ちている。先に言及したホロコーストの生存者であるエリ・ヴィーゼルが、広島の原爆ドームを訪れた際に残した言葉に原爆記念館で偶然出会った。瞠目《どうもく》すべき彼の鋭い洞察が書き残されていた。

すべての悲劇は一人一人が苦しんだ経験として一つとして同じものはない。しかしながら、広島とアウシュヴィッツは結び付いているのだ。もし、ホロコーストが起きず、アウシュヴィッツもなかったならば広島原爆もなかったであろう。ホロコーストが広島の原因だったという意味ではない。そうではなく、何百万人もの無実な人々の命を奪う無分別な殺戮《さつりく》は、さらに残酷な手段での犠牲者を生み出す悪を、戦争の問題解決という名のもとに世界の人々の心の中に植え付けてしまったという意味である。しかし、希望はまだある、またそうでなければならない。

歴史家に言わせれば、ホロコーストと広島原爆は無関係である。その二つの歴史的な悲劇をヴィーゼルは文学的な比喩《ひゆ》を用いることで結びつけ、物事の本質を語っている。このことは二〇二二年の八月現在も、連日ロシアの砲撃で多くのウクライナの一般市民が殺害される様子が放映されている状況と変わらない。ヴィーゼルが主張するように、我々は人間の無慈悲な殺戮に決して慣れてはいけないし、そこから目をそらしてはいけないのだ。ユダヤ律法書タルムードの言葉に次のような一節がある。

「一人の命を救うということは、全世界を救うということに等しい」

［*Mishuna Sanhedrin* 4: 5］

ヴィーゼルは、このタルムードの金言を彼自身の言葉で明瞭に表現したのだ。ヴィーゼルの言葉を読んで、私は今まで理解できなかったこのタルムードの言葉の意味がやっと理解できた。そう考えると、ヴィーゼルの言葉には、ユダヤ教の伝統的で普遍的な叡智、文学的な想像力、それに壮大な世界観の融合が見て取れよう。この名言にたどり着いたのもアイザック・シンガー、マルク・シャガール、エリ・ヴィーゼルたちの母語であった知恵の言葉イディッシュ語を学んだ恩恵である。

イディッシュ文学研究が予想もしなかった方向へと私を導いた。これも私のバシェールト（イディッシュ語で「運命」の意）であろう。人生とは分水嶺に落ちた木の葉のようなのかもしれない。イディッシュ語はイディッシュ語を知る前とは全く異なる世界へと私を導き、一時は死語になると危ぶまれた言語が、私の人生にパノラマのような視野を与えてくれたのである。これから記すオックスフォード大学でのユダヤ学研究こそ私の人生の分水嶺であった。

中年男のオックスフォード留学奮戦記

もくじ

第一章　中年男のオックスフォード大学への挑戦

欧米の広大な大学キャンパスを颯爽《さっそう》と闊歩《かっぽ》する若者たちの姿はすがすがしく、それだけでも絵になる。大学とは、そもそも若者のためにある自由な空間なのかもしれない。そんな輝くようなキャンパスに、少し疲れが出てきた中年男の姿はあまり似合わない。表面のみならず、海外で新たな生活を始める場合には特に、若ければ若いほど良い。素直に異文化に溶け込んでいけるからだ。ある意味で「留学」とは、若者の特権のような気さえする。そんな風に考えるのは私だけではあるまい。

もしお疑いなら、本屋に行って海外留学案内の本を見ていただきたい。一冊として、『中年からの留学のすすめ』などという本はない。当たり前だ。中年ともなれば、職場では責任のある地位にあり、家に帰れば子供の教育問題について、妻の相談相手にならなくてはならない。これほどの責任ある中年男にとって、長期の留学など想像もできないことかもしれない。

教師という職業柄、私はたまたま長期の留学が許される立場にあった。しかし、共働きの上、まだ小さい子供もあったので、留学は三十代前半に諦めていた。妻に相談することもなかった。私は、こうして家族のために自分の向学心を犠牲にしているのだ、とさえ信じて納得していた。それは、まったく自分の研究意欲減退を隠ぺいする口実であったことに後で気づいた。

欧米文学を講じていながら、欧米言語で本場の研究家らと競うことに怖気《おじけ》づいていただけなのだ。そのために「いい年」をしてもう一度彼らの懐に飛び込むことを恐れ、色々と口実を探して逃げていた。二十代にアメリカの大学院で学んだ時のつらい経験が、私を逆に憶病にしていたのだ。気付かないうちに、私は心も「おじさん」になってしまっていた。新しい分野への挑戦をすでに諦めていたのだ。日本語だけで海外文学を論じ、日本という小さな島国の中でのみ自分の地位を確保し、安穏と暮らせばそれでいい。所詮、日本人に欧米語を自由に操ることなど無理なのだ。私はこのように、蛸壺《たこつぼ》の蛸のような発想をしていた。今思えば、まったく情けない考えで恥ずかしい。

二十三歳の時、私は稀代《きだい》な言葉で書かれたイディッシュ文学に興味を持ち始めた。これが今までの私を大きく変える契機になった。イディッシュ語というのは九世紀頃、ドイツのラインラント地方(ドイツ南東部のシュヴァルツヴァルト地方起源説もある)に渡ってきたユダヤ人が、土地の高地ドイツ語に、伝統的なヘブライ語、ラテン系の言葉、後にスラブ語等を交えて作り上げた混成語である。ヘブライ文字を用いて、戦前の日本語のように右から左へと書く。イディッシュ語は、ドイツ、ポーランド、リトアニア、ロシアのユダヤ社会で広く用いられたユダヤ人の共通語であった。第二次世界大戦前までは、世界で一千万人以上のユダヤ人が日常言語として用いていた。イディッシュ語で書かれた文学も数多くある。日本でもすでに九〇〇回を超えて上演された『屋根の上のバイオリン弾き』のショレム・アレイヘムの原作もこの言葉で書かれている。一九七八年には、イディッシュ文学作家としては初めて、アイザック・シンガーがノーベル文学賞を授与されている。また、一九八六年には、イディッシュ語を母語にしていたエリ・ヴィーゼルがノーベル平和賞を授与された。また、日本でも人気の高い画家マルク・シャガールもこの言葉を母語としている。しかし、ナチス・ドイツのユダヤ人大量虐殺により、東欧の多くのイディッシュ語の話し手は命を奪われてしまった。

広い範囲のユダヤ共通言語だったが、今ではユダヤ人国家であるイスラエルでも現代ヘブライ語を国語にしたために、年々その言葉を話す人々は減少し続けている。二十一世紀の現在ではアメリカで二五万人、イスラエルで二五万人、その他の国々で一〇万人の合計六〇万人の話者になってしまった。現代アメリカ作家のシンシア・オジックは「イディッシュ語は、自然に失われた死語ではなく、人工的に殺戮された言語である」と語る。いずれにせよ、流浪の民の悲哀を象徴するような言葉である。

ロシアのアレクサンドル二世が暗殺された一八八一年以降、ロシアや東欧のユダヤ人は迫害を逃れ、二〇〇万を超えるユダヤ人が移民としてアメリカへ渡った。その中の一人のイディッシュ文学の担い手であったエイブラハム・カハーンは、アメリカでイディッシュ語新聞『フォヴェルツ』紙を編集者として始める。こうして、旧世界からのユダヤ移民たちは、アメリカでもイディッシュ語で生活が可能になった。前述したノーベル賞作家のアイザック・バシェヴィス・シンガーの実兄イスラエル・ジョシュア・シンガーも有名な作家として、この新聞で活躍した一人である。この兄に助けられ、弟のアイザックがアメリカに移住するのは一九三五年である。ナチスの迫害が本格化するわずか前のことであった。アメリカでは戦後も多くのイディッシュ語作家が活躍する。作家のみならず、ジャッキー・メイソンのようなコメディアンたちも、好んでこの東欧の日常言語を英語に交えて笑いを取っている。映画界でいえばスティーブン・スピルバーグ監督は有名なホロコースト映画『シンドラーのリスト』（一九九三年）の中に、哀愁帯びたイディッシュ語の曲

「暖炉の上で《オイフン・プレプチック》」を、ドイツ兵に追われる赤いコートの女の子が逃げ惑うシーンのバック・ミュージックとして用いている。

ニューヨークを中心とした現代アメリカ英語にも、かなりイディッシュ語の影響がみられる。ちょうど関西弁の「あつかましい」にあたる「フッパ」や「頭がおかしい、あほな」の意の「メシュガー」、「退屈な奴、大根役者」を意味する「シュレッパー」などはよく聞くイディッシュ語起源のユーモラスな表現である。私も、最近アメリカで講演する時に難しい質問を受けた時には、「これは大変だ、助けて！」を意味する「オイ・ヴェー！」と第一声を発すると聴衆は爆笑である。ずいぶん前に芥川賞を受賞した大阪出身で在米日本人作家の米谷ふみ子氏は、私との対談の際に「ユダヤ人は大阪人とよく似ている」と指摘された。その意味が、イディッシュ語を学んでからよく理解できた。

こんな稀な言葉で書かれた文学の世界に、そうとは知らず最初は英訳で入ったのが運の尽き、その辺の事情は拙著『ユダヤ文学の巨匠たち』（関西書院、一九九三年）に詳述したとおりである。

イディッシュ語への興味は私を文学から音楽へと導いた。哀調の旋律のイディッシュ民謡には、二千年の流浪の民ユダヤ人の悲哀と勇気、それに希望が感じ取れる。ここ十数年来、私は毎日イディッシュ語の曲を欠かさず聴くようになった。最初は眉をひそめていた家族も最近ではすっかりその音楽に親しみ、意味はわからなくともメロディーを口ずさむようにさえなった。「習慣とは恐ろしいものね！」と微笑みながら妻は私に言うことがある。

こんな毎日を送っていたせいか、いつしか私の心は「もっと基本から徹底的にイディッシュ語、イディッシュ文学をやらなければ」という思いを次第に強めていった。今まで忘れかけていた、二十代の抑えがたい、突き刺すような衝動を覚えるようになった。

そんな私をすでに察していたのだろう、留学の話を妻に相談すると、反対するどころか逆に励ましてくれた。私は改めて、パートナーとしての妻の強さに感謝した。意外なことに、子供たちも反対はしなかった。私は、善は急げと、大学当局にもすぐに許可を求めに行った。関係者の方々は快く私の願いを聞き入れてくれた。こうして私の留学計画は現実的に一歩一歩動き始めた。

それにしても、人間とは天《あま》の邪鬼《じゃく》なもので、すべてが自分の思い通りに運ぶと、ある種の躊躇《ちゅうちょ》や不安を覚える。「本当に、若い大学院生に交じってついていけるだろうか？　多言語の生活に今更耐えられるだろうか？　体調を崩したらどうしよう？」などなど不安は尽きない。二十代の時には考えもしなかった心配を払拭《ふっしょく》することは容易ではなかった。しかし、（留学許可が出てしまったからには、とにかく行かなくては）などと考えたのも事実である。そんなわけで留学を決めてからの私の心はかえって以前より揺らいだ。

留学することが決まると、次は行き先の選択である。私の学びたいと思っていたイディッシュ語、文学、ユダヤ学の研究が盛んな研究機関は、世界でもそう多くない。イギリスのオックスフォード大学、アメリカのコロンビア大学、それにハーバード大学くらいである。私は、ユダヤ移民のルーツのある東欧に近いイギリスを選んだ。後々、この選択が正しかったことを実感させられた。

二〇一四年の人口統計では、全世界でユダヤ人人口は一四〇〇万人から一五〇〇万人である。イスラエルが六一三万人とアメリカが五四〇万人で全体の八割を超える。イギリスは三七万人にすぎない。アメリカとは比較にもならないものの、イギリスとユダヤ人の関係は深い。

シェークスピアの描く金貸しシャイロックや、クリストファー・マーローの残酷非道のバラバス（『マルタ島のユダヤ人』一六三三年）といったマイナスイメージのみではない。十九世紀ヴィクトリア朝文学を代表する女流作家ジョージ・エリオットは最後の大作『ダニエル・デロンダ』(一八七六年)で、ユダヤ人国家建設を目標にしたシオニズム運動に人生をかける主人公ダニエル・デロンダの姿を描いている。一九四八年のユダヤ人国家イスラエルの成立に関与したのもイギリスである。エルサレムにユダヤ人国家を樹立しようというシオニストの構想を強く支援することを宣言した、当時のイギリス外務大臣バルフォア卿による「バルフォア宣言」は、第一次世界大戦中の一九一七年十一月二日に、アーサー・バルフォアが、イギリスのユダヤ系貴族院議員であるロスチャイルド卿ウォルター・ロスチャイルドに対して送った書簡で表明された、イギリス政府のシオニズム支持表明を宣言するものである。

また、イギリスは、東欧ユダヤ人移民の故郷であるポーランド、リトアニア、ロシア諸国へも数時間かからずに飛べる距離にある。実際、オックスフォード大学にはこうした国々からの留学生が多い。これも後で知ったことだ。

一九九四年九月の末、中年男の私は一留学生としてオックスフォード大学に到着した。緯度からすれば北海道よりも高いのだから当たり前だが、イギリスの九月はとっくに肌寒い。中年男の心細さが一層そう感じさせたのかもしれない。

中世の街並みを彷彿《ほうふつ》とさせるオックスフォードの町。教会建築の粋がこの街には凝縮されている、そんな印象を受ける。いかにも学問の都市である。町の多くが大学関係の建物だ。四十近いコレッジ(学寮)といくつかの研究所が合わさって総合大学オックスフォードを構成している。

各コレッジ、研究所は外部者には開かれていない。つまり、オックスフォードの町に何年住もうが、学問の場としてのオックスフォードを味わうことはできない。内部は物理的に高い塀で囲まれていて、一部を除けば中を覗くのも不可能である。日本やアメリカの大学のキャンパスのように、自由に出入りはできない。

私の選んだユダヤ学研究所は町の中心と、そこから五キロほど離れた閑静な場所との二つに分かれていた。私たち留学生の宿舎となったのは後者で、町から離れたところに位置するヤーンタン・マナーという中世から続く荘園屋敷の中にあった。しばらく前には、ダイアナ元王妃の父スペンサー卿が住んでいた屋敷だという。

宿舎の窓からは、見渡す限りの平原。緑の草原に羊や牛が戯れる、のどかな光景である。この屋敷が今はユダヤ学研究所になっているのだ。研究所の敷地は一キロ平方メートルほどもある。屋敷そのものが研究所の主な建物として用いられている。別棟の図書館には、ユダヤ学上、貴重な文献が備えられている。

正式なオックスフォード大学の学期は十月初旬に始まる。一週間ほど前に到着した私は、嵐の前の静けさのような時を持つことができた。仕事や雑務から解放され、その上、夫や父親である立場からも離れ、十数年ぶりに一人になった。色褪《いろあ》せ始めた衣服を全部脱ぎ捨て、丸裸になったような気がした。裸の気楽さもある代わりに、裸であることの脆弱《ぜいじゃく》さも不安となって私の心に重くのしかかった。

第二章　オックスフォード大学の伝統は図書館から

研究所の寮に入り、日本人である私が気づくのは部屋の家具の素材だ。日本では、やっと手に入れたプレハブの住宅にすっかり慣れ、何の不満もなかった。家具はすべて合板製。表面は木目調に仕上げてあるが、手の甲でたたけば、中空の軽い響きが虚《むな》しく返ってくる。戦後七十七年の日本文化を象徴する品々ではなかろうか。安く、見かけさえよければそれでよい。古くなったらポイ捨て。典型的な消費文化だ。こうして戦後の日本経済は発展してきた。その益を間接的に受けているのが留学中の自分だと考えをめぐらせば、そんな傾向を簡単に非難もできない。

「もの」の消費文化の弊害は自然破壊へと繋がるという点で深刻な問題であろう。しかし、私がもっとも心配なことは「想像力の枯渇《こかつ》」の問題だ。ほんの一握りの人たちが考案した流行、製品、思想を安価に手にする。容易で安価なものに、耐久性など最初から期待もしない。次々と与えられた「もの」に飛び付く。次々と与えられた「もの」に当座の満足を得る。テレビ・ゲームやコンピューター・ゲームなど最たるものであろう。

田舎育ちの私は幼い子供の頃、近所で家を建てるために、何人かの大工さんが仕事をしているところに行くのが大好きだった。いらなくなった板切れがもらえるからだ。板の切れ端を拾いながら、木のいい香りを胸いっぱいに吸い込む。贅沢《ぜいたく》な遊び場だった。大工の棟梁がときどき一服するために腰を下ろし、腰に下げたキセルと煙草を取り出し、おいしそうに煙草を吸う。茶褐色に日焼けした皺深い額からは、大粒の汗がしたたり落ちる。煙草をくゆらせながら、じっと遠くを見つめている。私はそんな老いた棟梁の姿も好きだった。

拾った切れ端に細工をし、小さな家を作ったりした。また、大きな板は「くるま」の車体に使った。「くるま」とは、橇《そり》に松の木を輪切りにし、中心部をくり貫《ぬ》いて作った車輪を付けたようなもので、子供たちが、山道の急な斜面を競って下りるための遊具である。当時の村の子供は遊び場も、遊び道具もすべて自分たちで考え出した。親たちは、子供にかまっている時間の余裕もなかった。山の中を走り回り、気に入ったものはすべて遊びの道具にした。おかげで自然に親しめた、というより自然しか知らなかったと言うべきだろう。

オックスフォード大学の寮で、本物の一枚板の大きな勉強机、木製の重厚なクロゼットに久しぶりに再会した。そうした家具の表面を指先でなぞると、わずかに木の凹凸を感じる。思わず頬を付けてみるとなつかしさを覚えた。二年前の二〇二〇年に、九十四歳で亡くなった母が嫁入りの時に持参したという桐の箪笥《たんす》や、幼い頃に慣れ親しんだ、木の戸の重みが思い出されたのだ。こんな思いに耽る私はやっぱり、四半世紀前の当時すでに中年男になっていたのだ。

イギリスはいろいろな意味で伝統的な国である。もちろん、伝統が必ずしも良いものだとは言えない。過去の大英帝国という伝統意識が働いたのか、二〇二〇年一月三十一日にイギリスは欧州連合(EU)から離脱した。また、アメリカなどと比べれば、まだまだ人種にこだわる面もある。難民の受け入れに否定的であったことも、欧州連合から離脱した理由の一つであろう。日本人を含めたアジア人種、アフリカ系・カリブ系黒人への偏見もいまだに強いようだ。オックスフォード大学では有色人種の学生は、二〇一六年で一・三パーセント、二〇二〇年でも三・七パーセントにすぎない。有色人種への差別は明らかに残っている。

そうしたマイナスの面を十分に意識しながらも、オックスフォード大学に継承されている学問への伝統には嫉妬を感じずにおれない。オックスフォード大学は四十近い学寮付きのコレッジと、幾つかの研究所からなる総合大学である。各コレッジと研究所にはそれぞれ立派な図書館があるが、それとは別に、オックスフォード大学の看板になっているボドリアンという、莫大な文献を誇る世界有数の大学図書館が大学町の中心地にある。外見も荘厳で、いかにも中世から脈々と続く学問の府という印象を訪れる者に与える。

日本とは違い、大学に入学した学生は自動的に図書館の利用カードをもらえるわけではない。継承された文化伝統を利用させてもらうには大切な儀式があるのだ。

われわれ研究所の学生は、学期が始まる前に、あらかじめ決められた日時に従って、ボドリアンの一階にある礼拝所のような講堂に集められた。ただ図書カードをもらうのに、なぜここまで来なければならないのか、私は不満を覚えた。すでにわれわれのグループの前に他のコレッジからの団体があり、しばらく待たされた。三十分ほどして、やっと我々の順番になり、私たちは一人ひとり、部屋の奥まったところに置かれた机で待ち受ける、白い法衣を着た係官の前へ進んだ。係官の前に座ると「宣誓は何語でなさいますか？」と尋ねられた。やっと状況がわかりかけた私は「英語で結構です」と答えた。目の前に一枚の誓約書が置かれた。「それを声に出して読んで下さい」と指示され、それに従った。

「私は決してオックスフォード大学の蔵書に書き入れたり、本を傷めたりはいたしません……」十行ほどの宣誓文を読み上げた。宣誓式に慣れていない日本人としては、この宣誓式がどれほどの意味を持つのかしら、と疑ってしまった。ほどなくその答えはおのずと明らかになった。

図書カードを手にした私は、物珍しさから、その足で荘厳な図書室に入り、次々と本を開いてみた。たしかに書き込みもなければ、古い本の痛みも少ない。これには素直に驚いた。数百年間も保存されている莫大な数の書物。天井まで続いた書棚の間を歩いていると、さながら中世の町中を散策しているような錯覚に陥《おちい》る。不思議な歴史空間だ。こうした精神伝統は、外から押し付けた規則、罰則だけでは決して守ることができないのかもしれない。私は初めて「内なる拘束」の意味を知る思いがした。

ボドリアンを始め、他の大学図書館もアメリカや日本の図書館のように、磁気による盗難防止策はほとんど講じられていない。私がよく通うことになる、もう一つの大学図書館テローリアン・ライブラリーは、イディッシュ語の文献も完備されている。この図書館などは、入り口に守衛さんがいるものの、図書カードを提示さえすれば鞄《かばん》を携帯したまま入館しても呼び止められることはない。大理石の階段を上り重厚なドアを開け、図書室に入っても、入館者をチェックするような装置もなければ、館員に図書カードを提示する必要もない。それだけではない、悪意があれば、貴重な文献を容易に持ち出すことが可能である。私の貧しい想像力を超えた信頼関係が、図書館とそれを利用する人の間にあるようだ。また、「館内では静粛に」などという張り紙ひとつないが、静けさは保たれている。

イギリスの他の新しい大学がどのようなシステムをとっているのか、私は知らない。しかし、十一世紀末に大学の礎《いしずえ》が築かれ、英語圏では最古のオックスフォード大学だけでも、こうした心のルールが実践されているのを目の当たりにすると何かほっとする。イギリス人は気取っている、と指摘する人も多い。私もある程度は同意する。しかし「気取り」の裏にこうした伝統への責任感があるとすれば、一概に悪くもとれない。

私が滞英中（一九九五年～六年）、ニュース番組でよく議論されていた、興味深い話題がある。それは、警察が常時ピストルを携帯すべきか、それとも今まで通り、警棒だけで十分か、という論争である。イギリスもピストルを用いた凶悪事件が増加している。そのために、警察もほかの先進諸国なみにピストルを携帯する必要があるだろう、という主張なのだ。しかし、反対派は、とくに銃の先進国（?）アメリカの例を悪いモデルとして引き合いに出し、警察がピストルを持つことで、事件をより凶悪なものにする可能性があると主張する。

私は当時のこうした活発な論争を耳にして、現代社会においていまだ守られている〈良識〉という古き伝統を垣間見たような気がして、なぜかほっとしたのを覚えている。アメリカは言うに及ばず、日本ですらそんな議論はあまり聞かない。まったく関係のないように見える、図書館の誓約と警官のピストル携帯論議が、遠い一点で結ばれているように思える。

いくら性能の良い磁気探知機を図書館につけても、毎年紛失する図書数は多いと日本やアメリカの図書館で耳にする。管理側が機械（武器）で人を取り締まろうとすれば、人は必ずそれに対抗する手段を探す。人を〈もの〉として捉えれば、人は〈もの〉としての反応しかしない。ところが、相手を信頼できる〈ひと〉として対応すれば、その人も〈ひと〉として振る舞う。こんなことを書くと、空疎《くうそ》な抽象論と笑われるかもしれない。そんな人には是非、オックスフォード大学の図書館を訪れることをお勧めしたい。

誰であろうとお互いに敬意を失えば〈ひと〉としての創造的で豊かな人間関係は成立しない。私が好きなイディッシュ語に「教える」という意味で「レルネン・ジッフ・ミット・シュトゥデンテン」という表現がある。文字通りの意味は「学生と共に学ぶ」である。教員と学生がお互いに敬意を抱き、お互いに学びあうことが真の教育ではないだろうか。

第三章　「ブルーデルシャフト」

研究所の寮の一つ——私の入った二階建ての独身寮には、一階に八人の男子学生、二階に八人の女子学生が寝起きすることになった。学生といっても、大学院を卒業したばかりの人から教鞭を執っているものまで様々で、年齢も二十代から六十代、出身国も、地元イギリス、アメリカ、ポーランド、スウェーデン、オーストラリア、日本といった連合軍である。広い中央の玄関から入り、左右の破風《はふ》に別れ、各々四人一組でキッチンとバス、トイレを共有する。つまり、この四人は否応なしに四六時中顔を突き合わせることになるわけだ。そんなわけで、嫌でも後々いろいろな事件にまきこまれるので、私のグループの面々を紹介してみよう。

まず私は一番奥まった南側の一号室におさまり一応満足した。部屋の前には芝生に覆われた庭がある。二号室——同じ南側で私の隣の部屋には、ポーランドの大学院を修了してから通訳をしていた青年グジャゴシが入った。一八〇センチほどの長身で、金髪碧眼のなかなかの美男子である。後々、私の一番の親友になる。ポーランドはカトリックの国で、彼も育ちはカトリックであった。

三号室の中年男性エドは、日本生まれのスウェーデン人。教育学の博士号を持っているが、あえて今度はユダヤ学の博士号に挑戦したいという。スウェーデンの大学では学生カウンセラーをしていたらしい。一見柔和で優しそうな男――だがしばらくするとその正体が明らかになる問題の人だ。宗教はプロテスタント。

四号室は、つまり私の部屋の向かい、北側の部屋の住人はアメリカ人で、大学院を終え、オックスフォード大学で博士号をとるためにやってきたブルース。勉強以外には興味がないとみえて、ブルースはあまり社交的ではない。アメリカ人としては少し堅物《かたぶつ》。父親はアメリカの裁判官、兄弟もみな弁護士という毛並みのよさ。キッチンで料理する時間も惜しみ、熱心にキリスト教学等の書物を読み耽る。最初は、あまり愛想の良くない人という印象を受けた。が、付き合ううちに、素朴な性格の良さも、彼の勉強の要領の悪さもよく分かった。熱心なバプティストであるために、酒も飲まなければ、煙草も吸わない。

一号室の住人は変わった東洋人。何を考えているのか、時々外に出ては、竹刀という竹の棒を振り回している。要注意人物。日本では教授だというが、分かったものではない……てな具合に私も他の三人から見れば、最初は胡散臭《うさんくさ》い中年男に映っていたのに違いない。

健康維持のために三十歳になってから剣道を始め、やっと二段(現在は五段)を取った私は、太らないようにと、日本から二本の竹刀をオックスフォードに持ち込んでいた(後々、この竹刀が国際親善に大いに役立つ)。音楽でも、スポーツでも、舞踊でも、何か得意なものがあると海外生活が楽しくなる。何の芸もない人は、パーティーを楽しめないことがある。控えめで、学問だけの優等生は、ヨーロッパの人々になじみにくいのではないだろうか。口下手でも、何か披露できるちょっとした芸があるか、もしくは、説明できる古典芸能などの話題があれば人々に興味を持たれる。そうすれば、次々とパーティーにも招待される。パーティーは、人間観察の意味でもとても興味深い。もし留学するのであれば、私は社交型の森鷗外のほうが、ロンドンの下宿に閉じこもっていた夏目漱石より良いと思う。

正式な授業が始まって二週間ほどは、比較的に私たちはリラックスした毎日を送った。この間にお互いの情報を交換した。グジャゴシはポーランドのワルシャワ大学で英米文学を学び、ユング心理学を応用して、トールキンの『指輪物語』を分析して修士論文を書いたという。大学院を修了してからはフリーの通訳や翻訳業をしていた。

当時(一九九五年)のポーランドは現在とはかなり異なり、他の東欧諸国と同じように貧しい国であった。その留学生たちはイギリスに来るのに決して飛行機は使わなかった。往復五万円ほどかかるからだ。二〇時間ほどかけてバス（コーチ）で旅行したのだ。三分の一ほどで済む。当時のポーランドからの学生にとっては百円でも大切なお金だ。切り詰められるところは切り詰める。ポーランドからの学生は全員、オックスフォード大学の研究所から奨学金（学費と居住費）を得ていた。それは当時のポーランドという国の経済状態が悪いことへの配慮ではない。彼らの学問上の実力によるものだ。ポーランドからの留学生が非常に優秀なのは授業が始まると顕著《けんちょ》になった。

親しくなりかけたある日、私はグジャゴシに昼食を町のレストランで御馳走しようとした。すると彼は「ヒロ、気持ちはありがたいけど、僕らお互いに学生でお金がないのだから、無駄な金は使わず、寮でみんなで何か作って食べよう」と言い、私を見てにっこりした。私はこの言葉を聞いて、自分が遠い昔に失ってしまった大切なものを思い出した。金さえ出せば人と親しくなれる。安易に金の力に頼ろうとしていた自分が恥ずかしくなった。

彼の言うとおりで、外食すれば二人で四千円や五千円はかかる。それに比べ、研究所近くの農家で開かれているマーケットで野菜を中心に買い物をすれば、わずか二千円ほどで、四、五人が楽しめる料理ができる（この時私は野菜てんぷらを料理した）。

その晩、めいめいがあるものを持参し、グジャゴシの部屋で最初のパーティーを開いた。

彼の部屋でのパーティーであったせいか、私以外はみなポーランド人であった。同じ寮の二階に住む女子学生も加わった。みんな気さくに声をかけてくる。とても陽気で楽しい仲間である。

パーティーが佳境に入ると、グジャゴシが真顔で私に訊ねた。

「ヒロ、ブルーデルシャフトを知っているかい？」

「ブルーデルシャフト？　ドイツ語の同胞愛だろう」と答える私。すると突然まわりの女性たちも笑い出した。しかし、グジャゴシは真顔のまま、私にこう助言するのだった。

「アーニアに教えてもらったらいい」

アーニアというのは二階に住む、二十代後半の美しい女性である。他の女《ひと》と比べると口数の少ない楚々《そそ》としたポーランド女性である。グジャゴシに勧められるまま彼女はグラスを上げた。そして、私のグラスを持った腕に自らの腕を交差させ、そのままの姿勢でグラスのワインを飲み干した。私も急いで自分のグラスの中身を胃に収めた。それからグラスをテーブルに置き、お互いに軽く相手の肩に手を置いて両頬にキスをし、最後に握手をして、お互いの名前を告げ合った。こうして二人は友人となったわけだ。これがポーランド式の仲間になるための伝統的な挨拶らしい。今のようにコロナ禍では不可能である。

アルコールの酔いも手伝ってか、とても素晴らしい儀式だと思った。他の女性ともこの儀式を丁重にしたのは言うまでもない。ところが、男女間のみならず、男性同士でも同じようにするのだという説明をグジャゴシから聞いて、いっぺんに酔いは醒《さ》めた。案の定「ヒロ、次は僕の番だ」ときた。髭面の頬にキスをするのは、これが生まれて初めてのことだった。人生そういいことばかりではない。

私がポーランド生まれのノーベル賞作家アイザック・バシェヴィス・シンガーを研究していることを知ると、ポーランドの留学生たちは興味を示した。シンガーはポーランドでも非常に人気があり、大方の作品がポーランド語にイディッシュ語から翻訳されている。もちろん、現在のポーランドにはユダヤ人は極端に少ない。ホロコースト以前のポーランドはヨーロッパ随一で、三〇〇万人以上のユダヤ人が住んでいたが、「世界ユダヤ人会議」によれば今は一万人にも満たないという。

ユダヤ人問題では、ポーランドの人々は神経質になる。なぜなら、ユダヤ人から見ると、ポーランド人はナチスと一緒になってユダヤ人を迫害したと考えられるからだ。文学作品でも、ポーランド生まれのアメリカ作家ジャージ・コジンスキー（一九三三年～一九九一年）が描いた『ペインティッド・バード』（一九六五年）などは、戦時中のポーランド人の残酷な行為に苦しめられるユダヤ少年の悲劇が活写されている。しかし、事実は、数万人というポーランド人もアウシュヴィッツの犠牲になっているのだ。

確かに、ユダヤ人をドイツ軍に引き渡したポーランド人も多かったかもしれないが、匿《かくま》えば村ごとドイツ軍に破壊されかねなかった事情も考慮しなければならない。ポーランド側の主張など今まで聞いたこともなかったが、言われてみれば頷ける。グジャゴシたちとの話を通じ、東欧ユダヤ人の生活の一端がより生々しく感じられた。

今までシンガーの作品の中だけで想像していたワルシャワやクラッコウが、現にそこに住んでいる人たちを通して私の眼前に広がる。町の雰囲気ばかりか、そこの街角の匂いさえ感じられる。そんな気がした。そればかりか、そうした人々と「ブルーデルシャフト」までした仲になりつつあるのだ。縁は異なもの味なもの、とはよく言ったものだ。英文科を卒業し、英文科で教鞭を執る私が、こんな近い感覚としてポーランドを感じている。

ポーランドのユダヤ人が用いていたイディッシュ語という希少言語に、日本人の私が興味をもつことも彼らには理解しにくかったようだ。が、「僕は変わり者《メシュガー》な日本人なのさ」と言うと、彼らは納得した。その後、彼らは熱心にイディッシュ語に組み込まれたポーランド語を解説してくれた。

後日分かったことだが、「ブルーデルシャフト」が今なおよく行なわれる挨拶だと理解した私は読みが浅かった。最近の若者はあまりしないようだ。グジャゴシを始め、他のポーランドの学生は、ただ一人の東洋人である私に孤独感を抱かせないように心遣いをしてくれたのだった。当然だが、気配りは日本人の専売特許ではない。

第四章　教育者としての哲学——ドヴィド・カァツ博士

私がオックスフォード大学を留学の地に選んだ理由の一番は、ドヴィド・カァツ博士の指導を望んでのことだ。博士は、イディッシュ語の世界的な権威である。文字通り、彼の学説がイディッシュ語の新たな定説になりつつあると言っても過言ではない。

従来イディッシュ語はドイツのラインラント地方(ドイツ西部)で発生し、次第に東方へ広まっていったと考えられてきた。この流れは、ユダヤ移民の文化の流れでもあったのだ。だが、カァツ博士は、ユダヤ聖書(旧約聖書というのは後にキリスト教徒が付けた名。ヘブライ語では「タナハ」という)に出てくる「ヘスの子孫」(ブネイヘス)という古代ヘブライ語の発音に着目して新説を唱えた。

ラインラントよりも東側にあたるドナウ河地域(ダヌーブ)のイディッシュ語では、ブネイヘスの「ヘ」にあたる文字の発音がヘブライ語独自の喉の奥を震わせる〝XE〟であることに着目した。それに対して、ラインラント地方に残る「ヘ」の発音は〝HE〟でしかない。明らかに、イディッシュ語を話すユダヤ移民はまずドナウ河付近にやってきたことになる。言語学的に〝XE〟から〝HE〟に変化はあり得ても、その逆の変化はあり得ないからだ。これが、言語学者としてのカァツ博士の綿密な分析によっての新説である。現在ではこうした彼の理論が広く受け入れられるようになってきた。

イディッシュ語や、その文学の研究をするためには、必ずや博士の書物を何冊か読まなくてはならない。私も、彼の著作はいくつか読んでいた。しかし、一度も面識がないばかりか、彼の写真さえ見たこともなかった。およそ四半世紀前の当時は今とは違い、すぐにコンピューターで個人情報を引き出せる時代ではなかったのだ。私にとって博士は雲上人であった。

国際学会などでユダヤ人と話していると、必ずと言っていいほど博士の名前が出る。「カァツ博士をご存じですか?」そのたびに私の中で、博士の姿がイメージされた。いかにもオックスフォード大学教授のように、少し青ざめた細い顔に、鋭い眼光を放つ大きな眼球。なんとなく冷たい印象を与える表情。そんな風に、勝手に私の想像はふくらんだ。

オックスフォード大学をベースにしているものの、世界を飛び回り、講演、調査を精力的にこなしている博士をつかまえることは困難である。であるから、ユダヤ学研究所でのシラバスの中に彼の名前を発見した時の私の喜びがいかほどのものであったかは想像していただけよう。（とうとう会える。直接教授していただける！）こう考えるだけで心がウキウキしてきた。たぶんに、中高生が憧れのタレントにサインしてもらうような、ミーハー的な気持ちが私にはあったと思う。中高生ならず中年男としては少し恥ずかしい。

大いに心をときめかせ、最初の授業日の前に、博士の研究室を訪れた。是非、少しでも早く面識を持ちたいと思ったからだ。ところが、アシスタントの女性から、カァツ博士は体調を崩して、今日の授業は別の教授に代講されるという説明を聞かされた。張りつめていた内面の緊張が一気に失われ、気落ちしたまま代講の授業に出席した。

第二週目は、今度こそと思い、あらかじめアシスタントにアポイントを申し入れた。しかし、結局その週も博士は現われなかった。かなり体調を崩している様子であった。

第三週目、私はあまり期待せずにアシスタントの部屋をノックした。すると、肩までの長い髪に大きな髭をたくわえた、まるでカール・マルクスのような大男がぬっと出てきた。「ハロー、プロフェッサー・ヒロセ」と、彼は体に比例した大声で私に話し掛けた。大きな赤ら顔に満面の笑みを浮かべていた。大きなおなかも突き出ている。にこやかに私を迎え、親しみを表してくれた。私の想像とは程遠いカァツ博士であった。

「ショレム・アレイヘム」（こんにちは！）とイディッシュ語で話さなくてはと内心思いな

がらも、相手がその分野の第一人者であることを知っているだけに圧倒され、その一言が出なかった。最初そうなってしまっては、もう中途からイディッシュ語には変えられず、終始英語で済ましてしまった。カァツ博士はいままで休講にしたことを深々と私に詫びた。ずいぶん体調が悪く病床にあったらしい。

オックスフォードの町の中心街にある研究所の四階に博士の研究室はあった。古い建物で、エレベーターなどはない。博士は身長一八〇センチ以上で背も高かったが、横にも太目だった。そのために、最上階にある研究室にたどり着いた時には、大きく肩で息を吐いていた。

研究室には、ずらっと古いヘブライ語の文献、書物、イディッシュ語の小説などが所狭しと、ぎっしりと収められていた。（この部屋から博士のいくつかの新説が生まれたのだろうか？）などと考えをめぐらしながら、数百年の歴史を感じさせる色褪せた黒表紙のタルムード（ユダヤ律法書）を眺めていると、いつしか中世のラビたちの祈りの姿が思い浮かんだ。

しばらく一般的な話をした後で、私がまとめようとしていた論文がアイザック・バシェヴィス・シンガー論であることを知ると、博士は、正規の授業以外にも私を個人指導しようと予期せぬ申し出をしてくれた。私にしてみれば夢のようなことである。こうして次の週から個人教授をしてもらうことになった。天にも昇るような気持ちで寮に帰ったのは言うまでもない。

博士の好意を無駄にしてはいけないと、私はずいぶん時間をさいて、一緒に読む文献の下調べを懸命にした。他の授業の準備もあったが、とにかく私は徹底的に調べ、その個人授業に臨《のぞ》んだ。カァツ博士は決して授業に遅れることはなく、いつも自分の研究室で私を温かく迎えてくれた。

個人授業では、シンガーの代表的な短編小説「馬鹿者ギンペル」(一九五三年)を丹念に読んだ。イディッシュ語で書かれた文学の研究で大変なのは、その言葉が広範囲の国々で用いられていたために、方言が多岐にわたることがまずあげられる。なにせ、西はドイツから東はロシアまでの国々で用いられていたわけであるから、日本語の方言の比ではない。まず、ドイツで話されていた西イディッシュ語と、ポーランド、リトアニア、ウクライナなど東欧やロシアの東イディッシュ語がある。

その上、十世紀頃に死語になったアラム語という古代語もかなりイディッシュ語に影響を与えているのだ。であるから、正確に理解するためには、ヨーロッパ言語はもちろんのこと、聖書ヘブライ語、アラム語を知らなければならない。これは、日本人のみならず、欧米人にとってもかなり困難なことなのだ。現に、オックスフォード大学で教えられている先生方でも説明できない箇所がしばしばある。その点、すでに二十代で学会の寵児《ちょうじ》となったカァツ博士は格が違った。私が何を訊ねても、答えに窮することもなく、快く教えてくれた。驚くべき碩学《せきがく》である。まさに「生き字引」という表現がぴったりだ。

世界中から、彼を慕い多くの学生や学者がオックスフォード大学にやってきているなかで、たった一人で授業を受けられる喜びをひしひしと感じた。シンガーの作品に出てくる一つひとつのイディッシュ語特有な表現の意味のみならず、その歴史的背景まで説明してくれた。話題は、ユダヤ民話、ユダヤ神秘思想、律法書、方言学と実に多岐にわたる。博士との研究を通して、ユダヤ精神の深遠さ、それが本当に気の遠くなるような学問体系であることが、いやというほどよくわかった。とてもとても私の一生や二生では学べない。それでも、そんな個人指導のおかげで真の学問の愉《たの》しさ、喜びをしみじみと味わうことができた。もし、こうした学問の片鱗でも学べば、一時日本で話題になった『ユダヤがわかれば世界が見える』式の週刊誌的な本など、とても恥ずかしくて出せないことも理解できる。ひとつの言葉でしか、ほとんど同一民族の中だけしかものを考えない日本人にとっては、およそ想像も及ばない世界なのだ。

多言語を用い、国際社会で活躍する人を国際人というのであれば、まさにユダヤ人は国境をもたない国際人の雛型であろう。もっともユダヤ人自身は、次々と故国を追われた悲劇の歴史を自慢することはない。

二度目の授業の時である。ある文章の説明をカァツ博士がされている最中に、突然けたたましく電話が鳴りだした。一瞬けわしい表情を浮かべた博士は、受話器も上げず、電話線を抜いてしまった。それから、こうつぶやくように言った。「私はいま授業をしている。授業中に電話は受けられない。失礼しました」。そう言うと、まるで何事もなかったかのように話を続けた。

私もしばらく教育に携わっていたが、この小さな出来事から、改めて教育の厳しさを感じた。たしかに、研究室でする少人数のゼミの授業等で、文学の世界にひたりきって話しているときに無遠慮な電話の呼び出し音がけたたましく鳴り、気分を悪くすることがよくある。いわんや、私が電話に応対して、たとえ一分でも話せば、待たされる学生にとってはさぞかし迷惑なことだろう。そればかりか、電話の要件次第では、講義のテーマに関する私の集中力も奪われかねない。しかし、博士の大胆な行為を目にするまでは、電話線を抜くなどということは思いも至らなかった。

できる限りのものをカァッ博士から吸収しようと、彼の別の授業も聴講させてもらった。博士は毎回、学生用に十枚ほどのレジメを用意していた。こうしたレジメに基づき、より正確でわかりやすい講義がなされた。

また講義を項目ごとに区切り、学生からの質問、反論を快く受ける。たとえ全く的外れな質問であっても、一つひとつの質問にまず興味を示し、学生の好奇心をそそりながら実に丁寧に説明してくれた。ニューヨーク生まれの博士は話にユーモアを交えることも決して忘れない。

他の教授の話によれば、カァッ博士は普通の教授の何倍もの研究をこなす「スーパー・スター」であるという。残念ながら、博士ほどの研究家の素質と教育者としての哲学を兼ね備えた教授は、どこの国でもそう多くないようだ。

第五章　「ラ・ハイム」の破戒僧

十一月に入ると、ずいぶん日が短くなった。イギリスの秋は短く、澄んだ青空の秋晴れなどほとんどない。毎日雨。また雨。雨ばかり。どれほど日本の秋の青空を恋しく思ったことだろう。しかし、本当の問題は空模様ではなく、心模様であったのだ。十一月の声を聞く頃、私はすでにすっかり疲れていた。ユダヤ学やイディッシュ文学に加え、毎日、現代ヘブライ語の授業に苦しんでいた。授業だけでも、朝の九時から午後四時頃まで続く。一時間の昼休みも、食べながらヘブライ語の予習に時間を割いた。さながら受験生の生活に戻ったような気さえした。

私が毎日用いた言語は、基本的に三か国語。英語、イディッシュ語、ヘブライ語である。それぞれ類似点もあるが、ずいぶん異なる言語である。イディッシュ語やヘブライ語をしていると、英語を読むスピードが遅くなるような気がした。理由は簡単、英語は左から書くが、イディッシュ語、ヘブライ語は戦前の日本語のように右から左へと書く。眼球の動かし方が逆になるので、英語文献を読むときにおかしな疲れを覚えた。他のヨーロッパから来た学生は、私が日本からの縦書きの手紙を読んでいると「ヒロは三方から文字が読める。左右に上下」と言って感心した。

日本語は極力忘れようと努めた。なぜなら、あまりにも混乱してしまうからだ。それでも、なかなかヘブライ語の新しい単語が覚えられなかった。夕方、授業が終わり、部屋に戻りベッドに横になると、どっと一日の疲れが出た。しかし、夕食が終わったら、山積みの宿題に取り組まなければならない。そう考えるだけでもストレスが溜まってしまう。「急務ができましたので、すみやかに日本にお帰り下さい」と日本の勤務校から帰国命令のようなメールかファックスでも来ないものかと心から願っていた。情けないが、それほど私は追い詰められていたのだ。

（留学なんてすべきじゃなかった）何度そう考えたことだろう。そんな弱気な私をいつもリラックスさせてくれたのが、隣室のポーランド人の好青年グジャゴシであった。

われわれの寮に住む六人のポーランド人の学生の結束は堅かった。そんなポーランド人のグループに、グジャゴシは精神的にまいっていた私を誘ってくれた。彼らは経済的に貧しいお国柄で、非常に質素な生活をしている学生たちだが、金をあまりかけず、いかに生活を楽しむかをよく心得ている。

ある晩、グジャゴシが私の部屋に来て、金曜日の夜に「ラ・ハイム」というオックスフォード大学の学生クラブでパーティーがあるから一緒に行かないかと誘ってくれた。「もちろん、女性も一緒だ」とにっこり笑って付け加えた。きっと私は精神的な疲れから、さぞかし情けない顔をしていたに違いない。とにかく、気分転換が欲しいと考えていた私は、二つ返事で快諾した。

「ラ・ハイム」というのは、ヘブライ語で「生命のために」という意味だが、酒を飲むときは「乾杯！」の意でよく使う表現である。オックスフォード大学の学生で、ユダヤ教に関心のある人なら誰でも参加できる社交クラブのようなものだ。聖書研究会なども週日開催している。金曜日の夜は、ユダヤ教では安息日《シャバット》である。安息日というのは、聖書の「創世記」にあるように、神がこの世を創造し終えて安息した日で、ユダヤ教においては、正確には金曜日の日没から土曜日の日没まで。キリスト教では、安息日は日曜日である。親子関係のような二つの宗教にあっても解釈が異なるのだ。

敬虔《けいけん》なユダヤ系イギリス人は、安息日には一切仕事を行わない。仕事を象徴する火も扱えない。であるから、金曜日は早めに夕食の準備をしておく。男性は、土曜日に朝から昼までシナゴーグ（ユダヤ教会）へ行き祈る。その間に女性たちは祈る人も、教会での食事を用意する人もある。伝統的なイギリスのユダヤ人にとって、毎週の安息日は重要である。なぜなら、神との契約を更新し、選民としての自覚を促す日であるからだ。

私たち男女四人は、オックスフォードの町の中心にある「ラ・ハイム」が入っている建物を訪れた。二階にある教会へと続く階段の前には強化ガラスのドアがあり、鍵が閉まっていた。内側の天井から監視カメラが私たちを覗いていた。用心のために監視カメラが常に外部者をチェックしている。われわれ日本人の感覚では信じがたいが、今でもイギリスやアメリカでは、ユダヤ教会に嫌がらせをする輩が後を絶たない。特に、現在でもアメリカではシナゴーグが焼かれたり、銃弾が撃ち込まれたりしているのは事実だ。二〇一八年には、ピッツバーグのシナゴーグで銃が乱射され、十一人のユダヤ人が殺害される反ユダヤ主義の凶悪な事件が起きている。

「ラ・ハイム」クラブは、二階の一フロアーを占めていた。なかなか広い部屋である。入口のところで、三十歳前後だろうか、若い小柄なラビ・シュムエルに出会い軽く会釈をした。長い黒髪に黒の室内帽《キパ》、それに黒の外衣を身に着けた伝統的なラビの姿である。あまり愛想のよいラビではなく、私をちらっとみただけで別の人のところに行ってしまった。

入り口で渡された黒い室内帽を頭にのせ、私たちも、祭壇の前で祈っている学生たちに加わった。男女の席は衝立《ついたて》で仕切られていて、お互いに見えないようになっている。オーソドックスと呼ばれる正統派のシナゴーグでは、祭壇のある一階は男性だけが許される。女性は二階から間接的に儀式に参加するだけである。もしくは、同じ一階でもきっちりと男女の席は仕切りで分けられている。祈る男性が、女性に気を取られないようにしているようだ。神戸のシナゴーグはこの構造の教会だ。正統派のユダヤ教会では、今でも男尊女卑的な伝統が残っているために、ユダヤコミュニティ内部でも問題になるケースも出てきているようだ。余談だが、独身かそうでないかはシナゴーグへ行けば明らかである。祈るときでも、既婚女性は帽子をとらない。美しい金髪や黒髪を人目にさらしている女性は独身なのだ。既婚男性は、祈りの時に白いショールを肩に掛けるが、独身男性は何も掛けない。であるから、祈りの後の食事会では結婚相手を探しやすい。実に実用的であるともいえよう。もちろん、不倫はご法度である。

「ラ・ハイム」での祈りが終わり、ラビ・シュムエルが説教を始めた。先刻の印象とはガラッと変わり饒舌《じょうぜつ》になった。ニューヨークから来た彼の英語は、オックスフォードにあってはあまり上品には聞こえないが、講話の内容には注目すべき点があった。

「わたしは宗教が原因で人々が憎しみ合うのであれば、そんな宗教の意味はないと思う。

人種を超えて人と人とが愛し合える、そこに宗教の意義がある」

　この一言を聞いた時、私はこのラビに少し興味を持った。他の宗教の聖職者の話なら、たとえばキリスト教のように博愛を説《と》く宗教であれば当たり前かもしれない。しかし、民族宗教的な色合いの濃いユダヤ教にあっては「人種を超える愛」など軽々しく説けない。こう言っては誤解されるといけないので付け加えれば、ユダヤ教に隣人愛や博愛主義のような考えがないわけではない。ただ、力点が、もしくは方向性が、ラビ・シュムエルの話のように外へ向いているのではなく、内側に収斂《しゅうれん》する。そのために、ユダヤ教においては、キリスト教のような布教や伝道活動は極めてまれである。イギリスでもアメリカでも、私が何度シナゴーグへ行こうとも改宗を勧められたことはない。一方、学部生の時分に、カルフォルニアニア大学のバークレイ校で夏の語学研修を受けた時には、何度かキリスト教の福音主義教会へホストファミリーに連れられて行くと、キリスト教に改宗することをしきりに勧められた経験がある。ユダヤ教では、基本的に母親の血統でユダヤ人と認められる。戦後は、宗教によってユダヤ人として認められるようになった。ホロコースト時代に、杉原千畝の発行した日本通過ビザを持って来日した多くのユダヤ難民がアメリカを始めとした諸外国へ渡るため、自己犠牲的に彼らを援助した小辻節三博士は、京都の下賀茂神社の宮司の家系であったが、ヘブライ語の研究を契機にユダヤ教に惹かれ、六十歳の時にイスラエルでユダヤ教に改宗している。そんな例も最近では多々見られるかもしれないが、原則的に宗教と民族を切り離して考えることはむずかしい（ただし、アフリカや中国のユダヤ人は例外的な存在として考えていいと思う）。

ラビ・シュムエルはユダヤ教の伝統に自分流の哲学を加え、かなり自由にその宗教を再解釈した。オックスフォードで、多国籍の学生を集め、会を発足させたのも彼であった。彼は「ラ・ハイム」を宗教的な場というより、社交の場にした。イギリスの他の大学には、これほど、人種も国も宗派も異なる学生が集まり交流する場は少ないであろう。後年、アメリカの諸大学のユダヤ人学生の会館を訪れる機会があったが、ユダヤ人以外の学生には、ほとんどお会いしなかった。「ラ・ハイム」の存在そのものがラビ・シュムエルの理想とする、これからのユダヤ教の在《あ》り方《かた》を示しているのだろう。アメリカ映画『僕たちのアナ・バナナ』（二〇〇〇年）では、エドワード・ノートン監督がニューヨークを舞台にして、神父役でも登場し、幼馴染のラビと協力して、形式を重んじるカトリックとユダヤ教の融和を目指すテーマをコミカルに描いている。ラビ・シュムエルは、この映画の主人公の自由奔放なラビのイメージに重なる。

講話が終わると、夕食がワインで始められた。ゲストのスピーチや、私たちのように外国から来たばかりの学生の自己紹介が始まる。ラビは、私が日本から来て、イディッシュ語を話すことを他の学生から聞くと、立ち上がって拳でテーブルをたたき、歓談に興じる学生たちの注意を引いた。

「みなさん、今日は日本からイディッシュ語を話す人が来られています。ご紹介しましょう！」と大声で言うと、私にイディッシュ語で挨拶するのを促した。私は、特別話すことに自信があったわけではないが、黙っていてもこちらを静かに見守っている人々に失礼なので、簡単な挨拶をイディッシュ語で行なった。突然の指名の割にはうまくいったと感じた。たぶん、ほとんどの学生がイディッシュ語を理解できないことが、私を勇気づけたのかもしれない。私の挨拶が終わると、ラビはすかさずドイツ語を専攻している別の学生を指名して、私の話を英訳させた。イディッシュ語は八割くらいドイツ語であり、ある意味でドイツ語の方言のようなものだ。

いずれにせよ、奇妙な状況である。若いユダヤ人学生がほとんど理解できない彼らの祖父母の母語を東洋人が話し、それをドイツ語専攻のユダヤ人学生が英訳して他のユダヤ人に理解させるのだから。

このイディッシュ語のスピーチが機縁となり、ラビ・シュムエルは私に親しみを覚えたらしく、別の機会に同協会で講演してくれないかと依頼してきた。「ラ・ハイム」に来るまではあれほど沈んでいた私だったが、どこからか次第に力が湧いてきて、文字通り「ハイム」（生命、元気）を取り戻したような気がした。一緒に話すうちに、型破りで茶目っ気いっぱいのラビに私は惹かれるようになった。今思うと、「人種を超えて人と人とが愛し合える、そこに宗教の意義がある」という哲学を、彼は私に実践して見せたのかもしれない。

日本人でイディッシュ語に魅了された私も変わり者だが、このラビも非常にユニークな人物である。私がそれまで抱いていた厳粛なラビ像とはかけ離れている。とにかくよく話し、豪快に笑い、歯に衣着せぬ話し方をする。おまけに、まったく大胆な発言をした（後にこれが災いしてオックスフォードを去ることになる）。

『ユダヤ式浮気の勧め』なる本を著し、ラビ・シュムエルは全英で話題となり、マスコミを騒がせた。とても伝統的で保守的なイギリスのユダヤ社会にあっては、ショッキングな題名である。しかし、内容は決して字義通りではない。「結婚して何年たとうが、お互いをまるで初めての男、女のように考え、新鮮な夫婦関係を維持しなくてはならない」という主張なのだ。

こんなラビが率いる「ラ・ハイム」は留学生にも人気があり、様々な国籍の学生が集まってくる。実に楽しい社交場である。何度かここに通い始めた私は、無意識のうちに求めていた家庭的な雰囲気をこの「ラ・ハイム」で味わえるようになった。そうこうしているうちに、私はいつのまにかスランプを脱していた。

第六章　母語喪失の危機

「マザー・タング」(母語)を私たち日本人は、通常当たり前のように「母国語」と訳す習慣がある。これは日本人の島国発想に他ならない。母の言葉(最初に学ぶ第一言語)は、諸外国においては必ずしも母国語ではない。特に欧米では、民族が複雑にまじりあっているためにこの傾向が強い。例えば、二〇二二年に突然ロシアの侵攻を受けたウクライナのゼレンスキー大統領は、もともと母語はロシア語で、大統領になってからウクライナ語を学び話すようになったという。そのウクライナ語が、ロシア軍の占領で危うい存在になっている。国語消滅の大事件である。

日本人にとっての日本語のように、自分の母語がその国の正式な言葉、すなわち母国語であるということは、とてもありがたいことなのだ。何の苦労もなく利益をこうむれるからだ。もしわれわれが、小松左京の『日本沈没』(一九七三年)ではないが、日本という国を失い、海外へ四散するような事態に陥ったとしたら「母国語」のありがたさが身に染みると思う。日本人の中の何人が「母語」の危機など真剣に考えたことがあるだろうか?

なかなか想像しにくいものである。もちろんそんなことが実際あっては困るが。しかし、アイヌ語などは、ある意味で失われた「母語」の例になるかもしれない。

今までに再三述べているように、私は意図せず東欧・ロシアのユダヤ人が戦前まで広く公用語にしていたイディッシュ語に惹かれてしまった。オックスフォード大学にやってきたのもそもそもその希少言語を学ぶためである。しかし、この言葉をネイティヴとして用いる学者は、オックスフォード大学でも五人しかいない。その上、こうした教授陣もその他に、英語、ロシア語、ヘブライ語をネイティヴとして話すことができる。現在では、もはやイディッシュ語のみでは仕事にならないのだ。現在、イギリスではもちろんのこと、アメリカやイスラエルでさえイディッシュ語だけで生活する人は極端に少なくなり、六〇万人ほどであるという。まさに消えつつある流浪の民の言葉である。

ユダヤ移民は、生きていくために土地の文化に同化し、自分たちの言葉を育みながらも多言語を習得した。しかし、いかに同化が進んでも、青年になるまで親しんだ母語というものは単なるコミュニケーションの媒体だけではなく、その個人の精神的なよりどころであるはずだ。ただ私には、それがいかなるものなのか感覚的にはぴんとこない。

オックスフォード大学で知り合ったイディッシュ語専攻の学生たちは、彼らの祖父母がイディッシュ語を母語として用いていたという。そのために、よくはわからなくとも、その言語に郷愁を感じるらしい。自分の先祖の言葉は何語であったかなど自明の理として、考えたことすらない私にとって、彼らの言葉へのこだわりを理解することは不可能である。

「イディッシュ文学の古典作家」という授業を受けた際、ロシア生まれでイスラエル育ちのドヴ・ベアー（ドヴはヘブライ語で「熊」の意、つまり「熊・熊太郎」ほどの意味の名）教授は私たち学生に「なぜイディッシュ語を研究するのか」と訊ねた。七人中、五人がユダヤ系で、そうでないのはシカゴから来たアメリカ人と私だけであった。そのアメリカ人はシカゴのユダヤ系社会で時折イディッシュ語を聞いていたので関心を持ったらしい。私の前に答えたニューヨーク出身のユダヤ系アメリカ人女性はこう答えた。

「おばあちゃん（ボベ＝祖母）がポーランド出のユダヤ人なのです。小さい頃から、おばあちゃんとはイディッシュ語で話しています。ただ、学問的に体系だって私は学んでいませんでしたので……」

次は私の番だ。既にオックスフォードでの滞在も二か月を超えていたので、教授も含め、私がなぜイディッシュ語を研究しているのかをみんなが知っている。そこで、まともに話したのでは少し退屈だろうと考え、私はこう答えた。

「残念なことですが、私のボベはイディッシュ語を話さなかったものですから、ここに勉強をしに来たわけです」と冗談を交えて答えた。クラスは予想通りドッと笑いの渦に包まれた。

案の定、ユダヤ系学生の一人が「でも、ヒロのお祖父さんはイディッシュ語を話しただろう」と間髪を入れずに言葉を挟んだ。関西風に言えば「ボケとツッコミ」の笑いである。

イディッシュ語は、ユーモアに富む言葉である。マーク・トウェインの「天国にユーモアはない」という言葉通り、ユーモアは、悲哀に満ちた生活の中に生きる人々の深い知恵なのだろう。

歴史的に見れば、ユダヤ人はキリスト教徒の迫害に苦しんだ。ナチスだけでなく、その迫害の歴史はユダヤ聖書の「エステル書」にも見られる。また、中世の十字軍の時代にさえ遡《さかのぼ》る。十字軍に焼き払われたシュテトル（ユダヤ人町・村）は多かった。そんな歴史的な事実を背景に無力なユダヤ人は、密《ひそ》かにキリスト教の牧師や神父を揶揄《やゆ》するジョークを仲間内で話しては大いに笑ったのであろう。こんなジョークがある。

列車のなかで、キリスト教の牧師と、ユダヤ教のラビが話をしていた。牧師が顔をしかめて言った。

「ゆうべはユダヤ教の天国というものを夢に見ましたよ、なんとも薄汚れていてぱっとしないし、おまけにユダヤ人が大勢うろうろしていました」

ラビも負けずに言った。

「実は私も、ゆうべキリスト教の天国の夢を見ました。とにかく立派なところのようで、花がたくさん咲いていますし、香気にあふれている。太陽はさんさんと輝いている。しかしですな、目の届く限り、人っ子一人いませんでしたよ」

（ザルチア・ライトマン編、『ユダヤジョーク集』、実業之日本社）

特にイディッシュ語という大衆言語は聖書の言葉である聖書へブライ語と異なり、貧しく教養のない人々の素朴な言語であると久しく考えられてきた。そのためか、気取らないジョークが多い。ロンドンやバーミンガムに何人かのユダヤ系イギリス人の知人ができ、彼らの家に招待されたが、やはり彼らもイディッシュ語は聞き覚えがあるものの、話すことはできないという。それでも、必ずイディッシュ語でのジョークを披露してくれる。ジョークを語りながら、彼らはきっと幼いの頃の両親や祖父母の話す姿を思い出しているのではないだろうか。

十一月の終わり頃、オックスフォードの町に住む若い友人夫妻のジャーミーとアンナが私を興味深い集まりに招待してくれた。ロンドンの下町(ホワイトチャペル付近)で毎週土曜日にイディッシュ語で楽しむパーティーが開かれているという。オックスフォードの町からロンドンまでバスで一時間四十分ほど。緩やかな丘陵地帯を高速バスは走る。羊や牛、それに馬が戯《たわむ》れる牧草地帯。いかにもイギリスの郊外の風景である。

ロンドンに到着し、私たち三人は一路パーティーの開かれる会場へ急いだ。友人夫妻は新婚ホヤホヤのためか、私の前で戯れながら仲睦《なかむつ》まじく歩く、私はひとり軽い嫉妬を抱きながら後についていった。

地下鉄のホワイトチャペル駅からさほど遠くない、下町のど真ん中に会場はあった。かつてこの地区には貧しいユダヤ移民が住んでいた。アメリカで言えば、ニューヨークのロウアー・イーストサイドにあたる。現在はアジア系移民が貧しい生活を営んでいるところだ。

少しくたびれた建物の一部屋が、例会の開かれている場所であった。私たちが到着した時には、すでに七人ほどの老いた人々がなごやかにテーブルを囲んで歓談していた。ジャーミーに訊ねると、いつもこれくらいの人数しかいないという。

まもなく、会を主催している白髪の小柄な老紳士が私たちのところに来て、友人らにイディッシュ語で挨拶した。ジャーミーはすぐに私をその紳士に紹介してくれた。ポーランド出身のボグダンスキー氏は、とても穏やかな表情の人であった。八十歳にはなっていたと思う。他の方々も七十は超えていた。皆自然に私を受け入れてくれた。初めて訪れたところとは思えないほど、家庭的な雰囲気を味わうことができた。

白髪の老人ボグダンスキー氏が進行役となり、イディッシュ語を楽しむ会が始まった。テーブルを囲んだ人たちが、めいめいの発表したいことを話したり、歌ったりする。歌の伴奏は会の一人がギターでしてくれた。

最初の老女は、イディッシュ語の詩を朗読した。私には理解できなかった部分も多かったが、失われつつある言葉への彼女の熱い思いは伝わってくる。一語一語いとおしむように発音する。決してプロの読み手のように流暢《りゅうちょう》ではない。しかし、そこには心がある。(自分はかってこれほどまでに日本語をいとおしんだことがあったろうか?)とふと私は考えた。

私の友人ジャーミーとアンナは伝統的なイディッシュ語の歌をデュエットで披露した。

「お母さん」

あなたに一つお聞きします。
神が誰にもかけがえのないものとして
与えてくださったものです。
そして、失えばどれほどの涙が流されることでしょう?
お金では買えないものです。
他の人には譲れないものです。
そして、失えばどれほどの涙が流されることでしょう?
他の何にものにも代えがたいもの、
どんなに悲しんでもそれは補えないものなのです。
きっと、失った人には、
私が何を言っているのかがおわかりでしょう。

そう、それはお母さん、
この世の最高の宝物。
それはお母さん。
お母さんがいなければこの世は闇。
お母さんが家にいれば
なんてすばらしく、楽しいことでしょう。
お母さんが神様に召されることは
どんなに悲しく、辛いことでしょう。
お母さんは、こどものためなら、
たとえ火の中、
水の中でも飛びこめるのです。

お母さんを大切に思わなければ
それは、最高の罪になります。

ああ、こんな素晴らしい贈り物を神から
授けられたものは
なんと幸運であり、贅沢なことでしょう。
老いたお母さん、私のお母さん！
夜も昼も揺籠《ゆりかご》のあなたを見守るのは誰？
あなたが病気の時、一睡もせず看病してくれるのは誰？
あなたのために料理をし、パンを焼き、
いそがしくあなたのために立ち働いたお母さん。
子供のために最後の力まで振り絞るのは誰？
あなたのために最後の血の一滴まで捧げてくれるのは誰？
これほどまでにあなたを大切にしてくれるのは誰？

それはお母さん……

いかにも哀調を帯びた歌ではなかろうか。この歌を聴く老人たちは、二人について歌を口ずさんだ。おそらく、彼らが小さい頃から親しんだ曲なのであろう。ひょっとすると、こうした歌をイディッシュ語で歌っていた両親もアウシュヴィッツで亡くなっているのかもしれない。イディッシュ語という言葉は、悲しい歴史を思い出させる母語であっても、世界に離散した多くの老いたユダヤ人の心の故郷として、まだ脈々と生き続けているのだ。

第七章　「最低男」

十二月になると体調を崩す学生も多くなったが、もう少しでクリスマス休暇に入ることを励みに、私は力を振り絞っていた。しかし、向かいの部屋のブルースは聖書へブライ語の授業になかなかついていけないようで独り言も多くなった。聖書へブライ語とは、簡略化された現代へブライ語とは違い、文字通り聖書に書かれている難解な古典へブライ語である。日本人にとれば『古事記』の日本語のようなものである。また、教育学の博士号を持つ中年男エドも、胃の調子が悪く微熱があり、授業を欠席していた。これには少し滑稽《こっけい》なわけがあった。

二日ほど前のことである。私が竹刀の振り方を教え始めた小柄なダーリアというアメリカからの留学生が、日頃のお礼にと、夕食に招待してくれた。夕食といっても学生寮でのこと、簡単にできるものだけである。

夕方六時頃から、彼女は上の階の台所で料理を始めていた。覗いてみると、楽しそうにエドもジャガイモの皮をむいているではないか。どうも、最初エドがダーリアを誘っていたらしい。ダーリアは、彼と二人だけで食事をするのを望んでいなかったようだ。私を見るとダーリアはにっこり笑い、エドにこう言った。

「ヒロを招待してもいいわね？」

明らかにエドは気分を損ねたらしい。

「君がそう言うなら歓迎だよ」

と慇懃《いんぎん》な態度で顔を少しこわばらせて答えた。

その場の雰囲気がわかったので、

「ダーリア、また次にするよ！」

と私が言うと、ダーリアは私を引き留めた。しかたなく二人が料理をするのを眺めていると、エドが再び私に高圧的な調子で、しかしあくまでも丁重にこう言った。

「ステーキにしようと考えていたけど、二枚じゃどうせ足らないし、一枚、下の冷蔵庫に戻してくれないか、ヒロ」

（なんだ！　こんな安物肉の一枚や二枚）

と思いながらも、私はにっこりして、彼の指示に従った。

結局、夕食はマカロニと、細かく切った肉をケチャップで煮込んだポークチャップのようなものに、野菜サラダであった。

食事中もエドは私を無視し、彼の息子とあまり歳の変わらない若いダーリアのほうを終始見つめて、お世辞やケチャップ以上に甘い言葉を浴びせていた。信じられない、歯の浮きそうな美辞麗句も並べる。後ろから思わずドツキ（殴り）たい衝動に駆られたが、何とか抑えた。私も今までに色々な国の人と付き合ったが、エドほど裏表のある人物に会ったことはない。若く美しい女性を見れば、どんな紳士にでも変身してしまう男だ。

逆に私たち男性陣には、彼の妻がいかにひどい女性かを残酷なくらいの調子で語る。スウェーデンには二十歳と十代の二人の息子がいるという。

ダーリアとエドとの食事も一時間ほどで終え、そそくさと私は自分の部屋に戻り、研究を続けた。夜の十一時を過ぎたころ、台所で料理をする音が聞こえたので行ってみると、巨漢のエドが大きな尻をこちらに向け、冷蔵庫に頭を突っ込んでいた。例の「ステーキ」肉を探していたのだ。私に気づくと陽気に言った。

「ヒロもまだ勉強しているのかい。僕も頑張っていたら腹がへってしまってね」

「もう遅いから、肉はやめたら！」と言おうと私は思ったが、なぜかやめた。私はただ「おやすみ！」と言って部屋に戻った。

その晩の午前二時か三時頃だった。私の部屋の隣のトイレのドアが何度もバタン、バタンと大きな音を立てた。私は一度目が覚めたが、またすぐに眠りに戻った。

翌朝、私が朝食を鼻歌交じりに作っていると、パジャマのままで頭にタオルを巻き、青白い顔をしたエドがヌッと姿を現した。そして、弱々しく私に哀願した。

「ヒロ、お願いがあるんだ。授業に出たら、僕は病気で休むと伝えてくれないか？」

昨夜のことがあったので（ざまーみろ！）という気も一瞬したが、同じ中年男として彼に同情した。すぐに部屋に戻り、漢方胃腸薬を持参し、エドに飲ませた。さすがにその時は、エドも誠意を込めて「この恩は忘れないよ」とは言ったが、一週間もたたないうちに元のエドに戻った。

こんな状態で、誰もが少しずつ疲れてきた十二月であった。が、例外の人がいた。それが、スーパーマンのような隣室の住人グジャゴシである。二十代半ばという若さもあるが、彼はオックスフォード大学の生活を満喫しているのだ。なかなか芸術センスもよく、先日開かれた大学の写真部コンテストでも第二席に入賞し、しばしばオックスフォード大学発行の新聞のトップ写真を依頼されるようになっていた。

毎日のように、授業が終わると、オックスフォードの町を歩き回り、シャッター・チャンスをねらっていた。彼は、もともと美しいものには被写体としての興味がないという。なにか、日常生活に埋もれているようなものの新たな側面に光を当てるのがおもしろいらしい。

雪が降った朝など、早起きして、自然な作用で完成されたおかしな光景を見つけては、とても愉快な構図の写真を撮った。横たわったドラム缶の蓋の部分が雪におおわれ、あたかもひょっとこの面のように見える写真。いくつもの枝先が二つに割れていて、まるで蛇が口を大きく開き、天をあおいでいるような古木の写真。遠くから漏れる車のライトに照らし出される真夜中の墓石の脇に立ち、両腕を天に差し伸べ、あたかも闇夜に墓地で戯れる悪魔のようなポーズを自動シャッターで撮る。とにかく、アッと驚くような写真を撮っては大学の暗室に一日籠《こも》って現像し、まず私に見せてくれ、意見を求めた。

ある日、授業から帰り、昼ご飯でも作ろうと考えて男性四人が共有する台所へ行くと、長い黒髪のうら若き女性が料理をしているではないか。明らかに研究所の学生ではない。(それにしても一体?)と考えていると後ろから耳慣れた声がした。グジャゴシだ。

「ヒロ、紹介するよ。僕のガールフレンドのカシャだ。ポーランドから到着したばかりだ」

彼の声で振り返った若い女性は、にっこりして、少し訛《なま》りのある英語で挨拶した。

「ヒロ、一緒に昼飯でもどうだい。ポーランド自慢のボルシチをカシャが作ったからね」

久しぶりに再会した恋人同士の食事を邪魔してはと思い、一度は断ったが二人とも是非にと誘ってくれたので言葉に甘えた。

三人で、彼の部屋で食事をした。カシャは瞳に特徴のある女性で、一種、神秘的な魔性を感じさせる。グジャゴシも同じ意見のようで、ポーランドにいた頃から、彼女をモデルにずいぶん写真を撮っていた。その中には、ラファエロ前派の絵の雰囲気を出そうと、彼女の頭にリースを被せ幻想的な演出をしている写真もあった。

そうした不思議な魅力とは裏腹に、カシャは非常に生活感にあふれていた。いわゆる「やり手」である。いかに少ないお金でやりくりするかが上手である。とても日本の女子大生には見られないたくましい経済観念を持っていた。

独身寮であるが、客が来て泊まる場合は、許可さえ求めれば一週間は無料で宿泊できる。この辺がヨーロッパの国情にあっているのだ。つまり、二十歳を超えた学生であれば、一緒に暮らすボーイフレンドやガールフレンドがいるのは珍しくない。良い悪いの論議は別に、欧米社会では「性」は解放されて久しい。

カシャが移り住んでから、四人の男性の生活も少し変化した。向かいの部屋の住人ブルースも少し明るくなった。時には台所でカシャに挨拶のキスをしては、はしゃいだ。ブルースを交え私とグジャゴシ、カシャでパーティーをするようにもなった。ただ、エドは別である。カシャの前では愛想よく振舞い、彼女の肩に触れては親愛の情を示した。しかし、陰ではカシャの悪口を言っているようであった。どうも生理的にカシャとエドは合わない。表面上はお互いが繕《つくろ》っていたが、私にもそれは明らかだった。

年末の足音も聞こえだした十二月の中ごろに、授業はすべて終わった。クリスマス休暇でみんなそれぞれの国へ帰ってしまう前にと、グジャゴシを中心にポーランドの学生が私たちの寮でパーティーを催すことになった。ポーランドの伝統料理とウォッカのパーティーだという。料理は野菜が主なので金はかからないのだが、アルコールが高価なので、グジャゴシは私などの意見も求め、結局一人三ポンド(当時のレートで言えば四五〇円ほど、現在も一ポンド一六〇円前後であまり為替に変化はない)のカンパを参加費として徴収することになった。

案の定、ほとんどの学生が参加を希望した。当時のヨーロッパの学生にとって三ポンドの金は必ずしもはした金ではなかった。オックスフォード大学の学生会館でビールが一杯七〇円ほどであった。研究所の学生でも三ポンドほどの予算で一、二日の食事を賄《まかな》っているものも少なくはない。パンだけなら一ポンドあれば一週間分は買える。考えてみれば、オックスフォード大学の学生は、アルバイトなどしないから全く収入はなく、奨学金だけで生活をしている。この伝統は今でも続く。学ぶための大学である。かえって着飾って海外ショッピングを優雅に楽しむ日本人学生の在り方が問題であるとも考えられる。

オックスフォード大学の場合、ほとんどの学生が全額の学費と寮費を国から奨学金として支給されている。であるから、たとえ貧しくても研究はできるように保障されているのだ。ついでだが、イギリスでは、つい最近できた新設の大学以外はすべて国立大学である。こうした学問環境が、二〇二二年の現在でも、世界一の評価を受けているオックスフォード大学を支える学問伝統であろう。

パーティー会費を集めに来たグジャゴシが半ば呆れたような表情で私の部屋に入ってきた。

「ヒロ、聞いてくれよ。エドの部屋に行ってパーティー会費の三ポンドもらおうとしたら、高すぎると言ってね。アルコールは飲まないから、半額にしろというのさ」

私はその話を聞いて驚いた。四十代半ばの教育学博士エドは、スウェーデンで教会の仕事もある中年男だ。毎週、音楽店に行き、ＣＤをたくさん買い込んでくる。若い女性を誘ってはデートもよくしている。彼のドンファンぶりは、研究所でも有名であった。寮では、一番リッチな生活をしている男だ。その彼が、四五〇円ほどの金がないはずはない。私も、彼の性格が信じられないとグジャゴシに同意した。しかし、グジャゴシはエドの気分を害してはと考え、半額をもらったそうだ。

パーティーの準備でグジャゴシ、カシャ、アンナたちは一生懸命だった。そのかいあって、パーティーは盛況だった。トーク、歌、窓の外の芝生でのダンス、それにポーランド製のウォッカがパーティーを盛り上げた。私がオックスフォードで味わう最高の夜であった。

薄暗くした会場でふと横を見ると、例のエドが、いつもの調子で若い女子学生に甘い言葉をかけている。エドは、彼のグラスになみなみと注がれたウォッカを、ぐいぐいと飲み干しているではないか。（まったく、なんていう男だ。あんなに飲んでおいて……）。私はむらむらしてきた。少し離れたところにいたグジャゴシと視線が合った。彼には私の気持ちが伝わったのだろう、エドの方へ視線をやって私に、にっこり微笑んだ。

第八章　イスラエルの人々

一月早々、前学期に受けた授業の試験（コレクション）がある。そのために、年が明けると、研究所の学生は顔色を変えて試験勉強に入った。そんな忙しい学生とは対象的に、研究所を訪れているアメリカやイスラエルの学者たちは悠々自適な生活を送っていた。（やっぱり自分も、客員研究員の道を選ぶべきだった）という考えが私の脳裏をかすめた。客員研究員とは、それぞれの大学から送られて、一年の休暇を取り、海外の大学で自分のペースで図書館などを利用して研究をする身分なのである。

客員研究員と交わる機会はあまりなかったが、ゆったりと散歩する彼らの姿を寮の二階の窓から羨ましく覗くことがあった。そんな中で、五十代くらいの一組のカップルの姿が印象に残った。

大柄なご主人の方はなかなかのおしゃれで、いつもパイプを片手に、奥さんと朝夕に散歩を楽しんでいる。まだきっちりと挨拶もしていなかったが、どんな人なのか少なからず興味を惹かれた。どうみても同業者――つまり、大学の教員という堅い雰囲気もない。

試験直前の日、気分転換に近くのパブでイギリス名物のフィッシュ&チップスを食べながら、試験勉強をしていた。分厚い講義ノートを読み返していたのだ。ふと目を上げると、例の優雅な身なりの紳士が奥さんを伴いパブに入ってきた。以前、一度すれ違いざまに「ハロー」と一言交わしたことがあったので、パイプを持った紳士と髪の長い奥さんに軽く会釈をし、自分のテーブルに一緒にどうかと誘った。二人は快く私の申し出を受けて同席した。

「私は日本から来ました、ヒロです」と自己紹介をすると「イガールです。よろしく。妻のラリーです」と、低い声で愛想よく対応してくれた。こうして、私は謎の紳士と知り合うことができた。彼らはそのパブには毎日来ているらしい。

イガールはイスラエルの詩人であった。現代ヘブライ語で詩を書き、新聞や雑誌に寄稿しているという。両親はポーランドから移民としてイスラエルに渡ったらしい。両親の母語はイディッシュ語であったという。しかし、一九六七年の「六日戦争」までのイスラエルにおいては、ホロコースト時代にドイツ軍に抵抗した一部のユダヤ人はドイツ軍へ抵抗する非正規軍《パルチザン》に参加する者もあったものの、六〇〇万人のイディッシュ語話者は神の救いを信じ、無抵抗のまま虐殺されてしまった。そうしたユダヤ人の無抵抗の歴史は恥ずべきこととして、あまり語られなかった。とりわけイディッシュ語は、そのみじめな民族の悲哀を象徴するモニュメントであったために、多くのイスラエル人に嫌われ、用いられなかった。イガールの両親もそうした世代のイスラエル人であった。彼の母親は亡くなる一年ほど前に病床に就《つ》き、初めて母語を口にしたらしい。苦痛の合間に母が発するイディッシュ語の単語を何とか理解しようと、彼はこの言葉を独学したという。

奥さんのラリーの両親はドイツから来たので、彼女は少しだがドイツ語が理解できた。私がイディッシュ語を学んでいることを知ると、嬉しそうに、片言のイディッシュ語で話しかけてきた。特にイガールは、この言葉に特別な思いを持っているようだった。現に、彼のヘブライ語の詩にも、わずかだがイディッシュ語が使われていた。

この昼食以来、私はイガールに興味を持った。詩人らしく、いろいろなものに鋭い観察眼を持っていた。また、日本などの異文化にも非常に関心があるという。数日前に私が学友のアメリカ人女性ダーリアに剣道の形を教えているのを見ていたらしく、「あれはとても美しい。今度パーティーをするから、一度、我々の前で演じてもらえないだろうか?」と訊ねてきた。

「試験が終わってからならいいですよ」と私も快く返事した。

試験後、私はイガール夫妻と共に夕方よく散歩をした。イガール夫妻が住んでいた「アップルロフト」というコテッジ風の建物はゆったりとした家で、我々の学生寮とはずいぶんと違う。二家族が生活できる広さである。事実、あとひと月ほどすると別の研究員が来る予定であった。それまでは自由に家を使えるということで、ときおり私は彼を訪ね、イスラエルの話や、イディッシュ語の話を聞いた。

ラビン元首相は一九九四年、パレスチナとの平和プロセスに寄与したことで、ノーベル平和賞を授与された。イスラエル軍を退役し、労働党の政治家となる。三度首相のポストに就く。三度目の九五年に狂信的なユダヤ教徒の青年の凶弾に倒れた。私がオックスフォード大学を卒業後、しばらくして一九九五年十一月四日のことだった。

イガールは左派に属していて、当時のラビン首相の平和路線を支持していた。つまり、パレスチナ人の土地をイスラエル軍隊が支配することに反対していたのだ。六七年以降に占領した土地を返還してでも平和が欲しいと切に望んでいるようだった。私もイガールやラリーの話を聞き、もっともだと思った。と同時に「平和」の尊さをつくづく思い知らされた。当然のことながら、イスラエルでは兵役が義務で、二年か三年は軍隊に入らなければならない。いつ何時、アラブ諸国と交戦状態になるかもしれないのだ。命を張った緊張の中でかろうじて小国イスラエルの平和は維持されているのだ。

そう考えれば、多くのイスラエルのエリートたちがオックスフォード大学を訪れ、しばしの穏やかな環境を満喫したい気持ちが容易に理解できる。

ある日の夕方、イガールとラリーが私を散歩に誘ってくれた。郊外にある研究所のまわりには散歩コースがいくらでもある。イガールはパイプに火をつけ、煙草の煙を優雅にくゆらせ、ゆったりと散策する。そんな彼が私に是非見せたい場所があるという。彼についていくと、両側がブッシュになっている線路に行き当たった。西に沈みかけた太陽が真っ赤だった。その太陽へ一直線に線路が続いている。

「ヒロ、ご覧よ！」

と言ってイガールはその太陽の方を指さした。私は再び太陽の方へ眼をやった。

「美しい光景ですね」

と私が答えると、イガールとラリーは笑った。

「太陽じゃないよ、線路の両側を見てごらん。あんなにたくさんの……」

ふと線路の両側を見ると、百匹はくだらないだろう、白い尾の野ウサギが、太陽の沈む前のひと時を惜しむかのように戯れているではないか。クリンとした丸い尾がとても可愛いいバニーである。

私たちが近づくと素早くブッシュの中に隠れてしまう。イガールとラリーはウサギたちの平穏な生活を乱さないように忍び足で、ブッシュの近くの散歩道を歩いた。私が問いかけると彼は唇に指を持っていき「シーッ！」と私を諌めた。

ウサギを見守る二人の表情は実に穏やかで、終始満面に笑みを浮かべていた。イスラエルから来た二人は、まるでつかの間の平和を満喫しているかのようにさえ私には思われた。常に戦いの緊張状態にあるイスラエル人であるからこそ、オックスフォード研究所周辺の静けさを喜べるのであろう。平和国家に生まれた私には、絵画的な要素をその光景に見出すことはできても、二人ほどには、その光景に感動することはなかった。

イガール、ラリーと親しくなったある日、授業を終え教室から寮へ帰る途中で、他の研究員らと立ち話をしている二人に出会った。ヘブライ語で話していたので、他の人たちもイスラエル人であることがすぐにわかった。私が近づくと、イガールが私を他の人たちに紹介してくれた。

ギオラ・ゴールドベルグは、テル・アヴィヴにあるユダヤ教正統派のバリラン大学で政治学を講じている。中年のギオラは、娘さんのダナを伴っていた。ギオラは四十代後半の愛想の良い男性である。ダナは東欧の女性を思わせる、美しい赤毛の二十代の大学院生であった。

もう一組はマイケルとギラという五十代のカップルである。夫のマイケルはイスラエル生まれのアメリカの実業家だった。金髪の妻ギラはロシア生まれでイスラエル育ち。現在はアメリカのシンシナティ大学の比較文学の教授である。生まれ育った環境と後の努力で、彼女は十二か国語を話すという。とても日本人では考えられないが、ヨーロッパの国々の人々は、生きていくために五、六か国語は当たり前のように話す。

ギラは、私がイディッシュ語を話すことを知ると、私にイディッシュ語で話しかけてきた。美しい自然な発音である。両親の母語であったらしい。目を輝かせて嬉しそうに話す。

その場にいた中でただ一人イディッシュ語がまったく理解できなかったのは、まだイスラエルのテル・アヴィヴ大学院生であるダナだけであった。

ダナは実直そうな父親ギオラのお伴をして、一週間だけの滞在であった。あまり英語も得意でないので口を閉じていたのだ。二人はイガール夫妻と同じ「アップルロフト」に移り住んだばかりであった。

私は、秋学期が始まり、また論文も提出しなければならなかったために、ずいぶん忙しかった。しかし、こうしたイスラエル人との交流を通じ、書物からだけでは学べない現実のユダヤ人の心に触れられたと思う。

ある日、イガール夫妻とギオラ、それに私とで散歩した時のことである。歩きながら、イガールとギオラが激しい議論を始めた。その激しさに私は圧倒されてしまった。「ユダヤ人が二人いれば、三つの意見がある」とイスラエル人は冗談で言うが、まさにその通りである。二人の議論を通じ、イガールは左派、ギオラは右派であることがわかった。

イガールは、イスラエルに和平をもたらすためには、六七年の「六日戦争」で占領した領地をアラブ諸国に返すべきだと主張する。ラビン元首相の立場である。一方ギオラは、そんなことをすれば、ゴラン高原のような戦略上重要な拠点を失い、いつ国が亡《ほろ》ぶかもしれないと猛反論をした。二人とも自国の平和を同じように望んでいるのだが、方法論が根本的に違う。

私の存在など忘れたかのように、母国語のヘブライ語で話し始めていた。日本人の私には、今にも取っ組み合いのけんかになるのではないかと心配になる剣幕の口論である。こんな大口論をすれば日本人同士なら後で気まずい思いをするのではないだろうか。しかし、散歩が終わると、まるで今までの口論などはなかったように二人は元通りの仲に戻ってしまう。どうしても私には信じがたい感覚である。

その週の土曜日の夜、イガール夫妻をパブに誘うため「アップルロフト」を訪れた。するとまだあまり親しくなかったギオラが私の対応に出てきた。生憎、イガールもラリーもロンドンへ出て留守だという。「それじゃ、失礼します」と言って、私は自分の部屋に戻ろうとした。すると、穏やかな笑みを浮かべたギオラが私にお茶を勧めてくれた。

応接間に入ると、先日出会ったギオラの娘ダナが部屋の隅で読書をしていた。しかし、私に気づくと、にこやかに迎えてくれた。

二人とじっくり話すのは初めてなので、最初はお互いの表面的な紹介から入った。それによると、ギオラはテル・アヴィヴのバリラン大学の政治学科で、現代イスラエル政治を担当する新進気鋭の政治学者であった。ダナはテル・アヴィヴ大学の大学院で、現代イスラエル文学を学んでいる二十五歳の若き人妻。夫は、同じ大学の医学部に入ったばかりの学生であった。まだ四十六歳。アメリカ留学と、三年間の軍隊生活で入学が遅れたという。

英語を話す時、ギオラとダナはヘブライ語の影響だろうが、単語の最初の「h」の音を発音しない。たとえば"hotel"は「オテル」に近い。まるでフランス語のようだ。

ダナの説明によれば、イスラエルではアメリカ文化が大衆文化《ポップカルチャー》になっているために、若い世代は英語が得意だという。ダナは、自分の英語は例外的に悪いとしばしば口にした。独特なイスラエル政治・文化を私に紹介しながら言葉に詰まると、少しいらだった表情を見せた。

ギオラは、ダナの説明を補う程度で、あとは黙って聞いていた。先日の初対面の時とは打って変わり、彼女はよく話した。終始ダナは、自国の安全確保の問題を私に真剣に語った。さほど彼女と変わらない歳の女子学生を指導している私だが、かつてこのような真剣な眼差しに出会ったことはない。生徒だけではない、日本の高度成長期に生を受けた私自身も国防の重要さなど、九五年の当時は真剣に考えたこともなかった。しかし、二〇二二年の現在のロシアのような暴力的な国が隣国へ侵入し、殺戮を続けていることを目の当たりにすると、さすがに防衛意識は高くなる。今なら、ダナの真剣さが私により深く影響を与えたことであろう。

ダナがお茶を入れるために席を外した時に、ギオラが私に言った。

「あの娘が一番保守的でしてね。二番目の息子はアメリカのポップスに夢中で、末娘はアメリカ娘という感じかな。ダナに、近くマンションを買ってやろうと思っています。日本の親子関係はどうか知りませんが、私は子供達にはできる限りのことはしてやろうと考えていますよ。しかし、一つだけダナに条件を出しています。あの娘がいつか親になったら、同じことをその子供にするという条件です。そうしなければ民族が失われてしまいますからね」

私はギオラの言葉を聞き、映画『屋根の上のバイオリン弾き』の主人公テヴィエを連想していた。貧しく苦しくとも、一途に最愛の娘たちの幸せを願い、最後まで希望を捨てずに力を絞るテヴィエ。そんなテヴィエの姿がギオラに重なった。

イスラエル人には珍しく、ギオラは人の意見に耳を傾ける。私の話にも注意を払った。先日のイガールとの激論が信じられないほど穏やかな人物だ。二人だけで話していると、彼が政治学の教授であることが信じられないほど物静かである。ユーモアを交えて穏やかに話した。

初めてにもかかわらず、彼と話していると、旧来の友と話をしているような錯覚さえ抱くから不思議だ。イガールのように雄弁ではないが、実直で真摯《しんし》な学者であった。ギオラを知ることで、私の中東への関心は高まった。

ギオラとはこれを機に親交を深めることになった。その結果「遠い国」イスラエルを私は初めて身近に感じるようになった。

付記

このエッセイを最初に書いていた当時に飛び込んできた「ラビン首相暗殺」（一九九五年）の訃報《ふほう》に私は驚かされた。また、犯人がギオラの勤める大学の学生であったことにもショックを覚えた。完全な中東和平が一日も早く実現することを心より祈りたい。また、現在のロシアとウクライナの争いが平和裏に終わり、平和が戻りますように。「シャローム！」（平和がありますように！）

第九章　「過越しの祭」

四月中旬、最終学期が始まる直前に、ユダヤ教で最も大切な祭日「過越しの祭」が巡ってきた。ユダヤ聖書(旧約聖書)の「出エジプト記」に詳述されているように、この祭りは、奴隷状態にあったユダヤ民族がエジプトから脱出したことを記念する祭である。私はかねてより、この祭りは必ず見ておかなければと考えていた。しかし、日本式の祭とは違い、これは各家庭内での祝いなので、ごく親しいユダヤ人家庭を知らなければ、たとえ望んでも経験できない。

イギリス外交官として日本にも住んだことのある親友ロザリンと、彼女の夫アランは正統派のユダヤ教徒であった。二人はロンドンに大きな家を構えていたので、私はしばしば彼らの家に招待され、一緒に週末を過ごした。しかし、「過越しの祭」の週は彼らも私を迎え入れられないことはわかっていた。ここ数年来、彼らの家には双方の両親が一週間ほど泊まり、この祭りを祝うのが習わしになっていたからだ。双方の兄、姉夫婦の家族も訪れ「祭」を祝うのだ。ユダヤ人家庭にとって、それは日本のお正月やお盆のような意味を持つ。

また、「過越しの祭」は、他のユダヤ教の祝日にもまして民族の悲劇的歴史を再現するために行われる儀式でもある。こうした事情を知っているだけに、貪欲にユダヤ文化を学ぼうとしていた私もさすがに「『過越しの祭』を見せてもらえないか？」とロザリンには頼みづらかった。とはいうものの、この機を逃せばいつこんな機会に恵まれるかわからない。そう考える私はフツパ（イディッシュ語で「厚かましい」という意）に徹した。思い切ってロザリンに電話をかけ「過越しの祭」の件を頼んでみた。すると、やはり彼女も困った様子で少し言葉が途切れた。少しあって「兄に訊ねてみるわ。もし彼の家に泊めてもらえれば……」と答えてくれたのだ。

こんな無理な申し出をしてから、私は自分の厚かましさに嫌悪感さえ覚え反省した。ロザリンもそう考えたに違いない。ところが、私の強い願望が天に通じたのか、「過越しの祭」に招待（？）されることになった。

四月十五日の土曜日。

何度も訪れているロザリンとアランの家だが、やはりいつもとは様子が違う。大祭日の厳《おごそ》かさだろうか。

保守的なユダヤ系のイギリス人家庭では、主婦が大変忙しい一週間である。まず、家をきれいに掃除し、パンの種（イースト菌）が部屋に落ちていないように細心の注意を払わなければならない。もともと「過越しの祭」は、古代イスラエル人がエジプトを脱出した時の苦難の歴史を忘れないようにするためのものである。後ろからエジプト軍が追ってくる古代イスラエル人に、パン種を用いてパンを膨らませる時間的な余裕などなかった。その時の苦労を思い出すために、クラッカーのような「マッツァ」と呼ばれる種なしパンをこの祭日に食するのが習わしであるのだ。であるので、万が一にもパンくずが部屋に落ちているとイースト菌が混じる可能性がなくはない。そのために部屋をきれいに掃除するのだ。

また、食器もいつものものは一切使わない。「過越しの祭」専用の食器が用意される。これも主婦の忙しさの理由である。私が訪れた夕方も、ロザリンと弁護士の夫アランは客を迎える準備に大わらわであった。ユダヤの伝統儀式の知識のない私は手伝うこともできないので、お茶を飲みながら、昨日から泊まっている、アランの両親であるハーマン・ゼファルト博士と彼の上品な妻フリーダ夫人との会話を楽しんでいた。

ハーマンとフリーダに紹介されたのは数年前であった。その頃ハーマンはまだオックスフォード大学やバーミンガム大学でヘブライ文学の博士号取得のためのリサーチをしていた。私がアランの家に訪れた時に、私の興味がユダヤ学にあることを知った彼が、その学問に造詣《ぞうけい》の深い彼の父親を紹介してくれたのだ。それ以来、毎年夏にイギリスを訪れる際にはいろいろとお世話になった。私が、書物ではなく現実のユダヤ系イギリス人の生活を体験できたのもハーマンやフリーダを通してである。

ハーマンはもともと歯科医であった。が、定年後、それまで興味のあったヘブライ文学を本格的に研究し始め、七十歳を過ぎてから博士号を取得した。研究がたたり、二度ほど目の手術も受けている。フリーダも以前よく私に「研究はやめてほしいのだけれど……」と漏らしていた。ハーマンは非常に努力家である。

彼の愛妻フリーダは慎み深い、昔ながらの夫人である。私が自宅にお邪魔するたびに、東欧のユダヤ文化に根差した美味なる料理を用意してくれた。そのたびに、一つ一つの料理についての説明もしてくれた。フリーダの祖父母はポーランドからイギリスに渡ってきたのだという。そのおかげで、まだ夫人が子供の頃に、祖父母や両親がイディッシュ語を話していたのだ。イディッシュ語という特殊言語を学んでいるおかげで私は、本当に多くの人々と親しくなれた。たとえ彼らが片言の表現しか覚えていなくても、私がこのユダヤ語を話すと、たちまち彼らは胸襟を開いてくれる。まるでコンピューターのパスワードのようなものだ。フリーダもそういうユダヤ人の一人であった。

ロザリンの家で再会するひと月前にも、私はバーミンガムにあるハーマンの家に招待されていた。その折には、フリーダの提案で、有名なイスラエルの俳優トポル主演の『屋根の上のバイオリン弾き』観劇に私を連れて行ってくれた。舞台と同じ高さのゆったりした「ボックス席」での、人生初めての優雅な観劇である。時折、俳優たちと目線が合いドキッとしたのを覚えている。

トポルの演じるテヴィエは何といっても最高だ。映画でも彼の主演で撮影されている。ロシアの寒村アナテフカを舞台にし、ユダヤ人の赤貧の生活、迫害、そして束の間の喜びと希望を描いたこの演劇を超える作品にはめったにお目にかかれない。世界の舞台で上演され続ける不朽の名作である。日本でも、森繁久彌氏、西田敏行氏、市村正親氏ら三代の名優がテヴィエを演じ、すでに上演回数九〇〇回を超えるというから素晴らしい。バーミンガムの大劇場が一席残らず埋め尽くされていた。観客は、舞台の上のテヴィエの運命に一喜一憂している。十九世紀末のロシアを舞台にしたユダヤ人迫害の問題はトポルを通して、現在のユダヤ人の置かれた状況へと連続するのだ。すなわち、過去は現在に連なる。

その上、特殊な人種の問題は普遍化され多くの人々の心を打つ。

私は観劇途中で何度か、隣に座って、食い入るように舞台を見つめているフリーダの表情を覗いた。そして、ふと考えた。祖父母がポーランドからイギリスへ移住してきたフリーダにとって、テヴィエの苦渋の試練は、彼女の祖父母の味わった体験を想起させるものではないか。ひょっとすると、故郷アナテフカを追われるテヴィエの中に、フリーダは彼女自身の祖父の姿を重ねていたのではないだろうか。

興奮がさめやらぬ劇場からの帰り道、私はあえて二人の感想は訊ねなかった。私などがとても踏み入ることができない、複雑な思いを二人が抱いていることは明らかだからだ。

後で聞いたことだが、多くのユダヤ人にとって、スピルバーグの『シンドラーのリスト』(一九九三年)は恐ろしくて見られないという。それは単なる映画ではなく、彼らの肉親、知人が犠牲になったドキュメントでもあるからだ。フリーダもその映画はどうしても見に行けないと私に語った。

セーダー(「過越しの祭」の晩餐の儀式)を取り仕切ったのはヘブライ文学博士であるハーマンであった。ハーマンの前には「過越しの祭」専用の大きな儀式用の皿が置かれ、そこには、パセリ、刻んだ大根、ナッツと果物を細かくして混ぜ合わせ、ワインをまぶしたもの、羊の骨付きすね肉、固ゆで卵が載せてある。

それまでざわついていた一家も、ハーマンがテーブルの主席に立つと、にわかに静かになった。厳かに、ハーマンがキドゥーシュと呼ばれる神を賛美する祈りを唱え、セーダーが始められた。めいめいがパセリを塩水につけて食べた。先祖がエジプトで味わった奴隷の苦しみを忘れないための儀式である。塩辛いパセリを食べながら、私はふと高校時代の漢文の授業で学んだ「臥薪嘗胆《がしんしょうたん》」という故事を思い出した。文化は異なっても、似た発想はあるものだ。

ハーマンは、前に置かれた大きなマッツァを二つに割り、片方を白いナプキンに包んだ。この包まれた半分のマッツァをハーマンが部屋のどこかに隠すことになっているのだ。それを子供が捜し、見つけたものにはご褒美が出る。セーダーの締めくくりにこれを食べる。いつ迫害に遭うかもしれないユダヤ人に、食料を隠し蓄えることの大切さを教える儀式なのかもしれない。

ヘブライ語で書かれた「ハガダー」(「過越しの祭」に用いられる出エジプトにまつわる伝承、祈りをまとめたもの)が渡された。ハーマンが半分のマッツァを食卓の家族に見せながら「ハガダー」の冒頭部を読み始めると、皆もそれに合わせ朗誦《ろうしょう》し始めた。

これは、われわれの先祖がエジプトで食した苦渋のパンです。飢える人々――誰にも分け与えましょう。貧しき者をこの食卓に迎え、ともに「過越しの祭」を祝いましょう。今われわれは、ここに身を置いても、来年こそは自由の身になることでしょう。

この朗読が終わると、家族で一番年少の子供が四つの質問をすることになっている。ハーマンの孫である六歳の男の子が伝統的な質問を読み上げた。この質問は、「過越しの祭」を理解するうえでとても大切なので、紹介してみよう。

一、他の夜は、種入りパンでも、種なしパン（マッツァ）でも食べられるのに、どうしてこの夜に限って種なしパンだけ食べるのでしょうか？
二、他の夜は、どんな種類の薬草でも食べられるのに、どうしてこの夜に限って苦い草を食べるのでしょうか？

三、他の夜は、薬草を一度も水につけることはないのに、どうしてこの夜に限って二度もつけるのでしょうか?

四、他の夜は、どんな格好で食事をしても自由なのに、どうしてこの夜に限って、食卓にもたれるように座るのでしょうか?

この質問が読み上げられると、それに対する答えを一家全員で朗読する。冒頭部分のみを引用すれば、この祭りの意味が明らかになろう。

われわれは、エジプトにあってファラオ(エジプト王)の奴隷であったが、われらの永遠なる神が、その力強い手を差し伸べて私たちを救ってくださったのだ。もし神が私たちを解放してくれなかったのなら、私たち子孫はまだエジプトでファラオの奴隷であったことだろう。であるから、たとえ私たちがどれほど知恵に長けていようとも、モーセ五書に通じていようとも、エジプトからの解放の歴史を語ることは私たちの義務なのだ。

この文章に始まり「ハガダー」の朗読はしばらく続いた。五十ページ近くある分量のものを読み上げるのであるから、一時間近くかかったと思う。私も最初の三十分ほどは懸命にヘブライ語の字面を追ったが、後半部分では疲れてあくびが出てしまった。

朗読と祈りの後で御馳走をたくさんいただいた。食事の後の祈りもすべて終わると、一家でデザートのケーキや果物を楽しみながらリラックスした時間になった。

先ほど「四つの質問」をした最年少の男の子を相手に、私は子供だましのような手品を披露した。手品といっても、一本の紐を左手の甲にのせて、小指から人差し指まで一本ずつからめ、最後に紐の端を引っ張ると紐がするりと抜けていくという、小学校時分に習った単純なものだ。

ところが、予想もしないことが起こった。私の手品を見ていた子供たちばかりか、大人たちまでが強い関心を示し、私の周りに集まってきたのだ。そして、次々に紐を手ごろな長さに切ってきて、見様見真似でそのマジックを学びだしたのである。ところが、なかなか上手くいかない。失敗しては笑いが起こった。

「ヒロ、これからどうやるの？」

「ヒロ、これでいいの?」
「ヒロ、ヒロ、ヒロ……」

私はイギリスでかつてこれほどまでにあてにされたことはない。紐一本での国際外交である。親友のロザリンが「過越しの祭がこれほど盛り上がったことは今までなかったわ」と私に耳打ちし、にっこりした。

この楽しかった「過越しの祭」の翌年のお正月、アランの母フリーダから久しぶりに、次のような手紙をいただいた。

親愛なるヒロへ
ハッピー・ニュー・イヤー！　あなたにとって、またご家族にとっても良い年でありますように。
昨年は後半に友人や親せきを失いましたので、あまり良い年ではありませんでした。でも今年は「良い年」になりそうです。三月には、ロザリンがお母さんになるのです。現在ロザリンとアランは休暇を取り、イスラエルのエイラートに行っています。

あなたからのお手紙もいただいてとても喜んでいます。また、少しでもユダヤ人の生活をお見せできたこともよかったと思います。

孫たちも、昨年の「過越しの祭」が今までで一番素晴らしかったと言っています。それは、夫ハーマンの行った儀式ではなく、ヒロのマジックのおかげだそうです。今度の「祭」の晩餐（セーダー）には、マッツァ（種なしパン）はよして、その代わりにマジック用の紐を準備した方がいいかもしれませんね！

ハーマンはヘブライ文学の研究と教育に没頭しています。私は相変わらず生け花等の勉強をしています（フリーダ夫人は、日本の生け花の師範の免許をすでに取得している）。

またイギリスにお越しの際に、お目にかかれますことを楽しみにしております。

かしこ

フリーダ

ハーマンとフリーダが私自身の両親と同世代のせいか、私は二人にとても親しみを覚えた。国籍や民族が異なっても、もはや他人のようには思えない。特にフリーダは、私がお邪魔するたびに、二日もかけて準備した手料理でもてなしてくれたのだ。もちろん、彼女自身そんなに手間をかけたことなど、おくびにも出さない。あとで、ハーマンから聞いたことだ。もちろん、聞かなくても料理にいかに手間がかかっているかは、鈍感な私にも明らかであった。フリーダは私にとって「イギリスの母」的存在である。

ロザリンに紹介されて、ハーマンとフリーダに初めて会った時から、私は特にフリーダに親しみを覚えた。控えめで、決して自分の意見を押し付けない。それでいて、その場の雰囲気を和らげるユーモアを忘れない上品な女性である。

二度目にお宅にお邪魔した時のことだった。別れ際に私はフリーダを抱きしめ、心から「ありがとうございました。とても楽しかったです」と礼を述べた。すると彼女は、私の耳元でこう囁いたのだ。

「わたしたちには、ヒロのようにユダヤ人を理解してくれる友がもっと必要なのよ」

この言葉の響きと重みを私は決して忘れられない。あの優しい「イギリスの母」フリーダも、向学心を持ち続けたハーマンも亡くなって久しい。でも二人の面影はこの先ずーっと私の心から消えることはないだろう。

第十章　ホロコーストの影

一九九五年は第二次世界大戦後五十年ということもあり、イギリスでは戦争に関するさまざまなドキュメント映画やニュースがしばしば放映された。もちろん、ポーランドのアウシュヴィッツを始めとする、多くの収容所の生々しい様子が映像となって飛び込んでくる。思わず目をそむけたくなることもあった。枯れ木のようにやせ細ったユダヤ人たちが、まわりで銃を構えているドイツ兵に命じられ、自らの墓穴となる塹壕を掘らされている。次の映像では、大きく深い塹壕が死体の山で埋まっているのだ。撃たれて負傷しているがまだ息のあった人も、あの死骸の山の中に埋もれていたことだろう。アイザック・シンガーの『愛の迷路』(一九六九年)の女主人公タマラも死体の山から抜け出して命拾いをした人物である。また、ソール・ベローの『サムラーの惑星』(一九七〇年)のサムラーもそれに近い経験をしていた。

『シンドラーのリスト』(一九九三年)には、いともたやすくユダヤ人を銃殺する場面があるが、あの光景そのものがドキュメント映画に収められている。ノーベル平和賞受賞者のエリ・ヴィーゼルの『夜』（一九五六年）にも収容所での地獄絵図が描かれているが、それは想像を絶する状況である。収容所を体験したユダヤ人はみな、戦後二十年ほどは貝のように口を閉じ、自らの経験を語ろうとはしなかった。否、語れなかったのかもしれない。

こうした記録映画は日本でも放映されたであろうから、多くの方がご覧になったと思う。であるから、番組そのものはことさら述べるものでもあるまい。しかし私は、日本ではおそらく体験できないであろう、奇妙な状況下でこうした番組を見た。

寮の二階に共同の広い居間があった。テレビはこの部屋にしかない。ある晩、私は独りで戦争中の記録映画を観ていた。すると、最初にグジャゴシと彼の恋人カシャが入ってきた。二人とも生粋のポーランド人である。私たち三人はポップコーンを頬張りながら番組を見続けた。しばらくして、アメリカから来たユダヤ人学生が二人やってきてわれわれの仲間に加わった。他の娯楽映画を観るときは、彼らは他の人のことなど一切気にせず、台詞にケチをつけたり、コメントしたりでなかなか忙しい。ところが、さすがに第二次世界大戦の記録映画となると態度は一変する。それは彼らの血族の間の問題であったわけだし、反ユダヤ主義という意味では現在も彼ら自身の深刻な問題であるからだ。

一方、ポーランドはカトリックの国。ユダヤ人の立場から見れば、いわばポーランド人は加害者側。八〇〇年にもわたりユダヤ人はポーランドに住んでいた。また大戦前までは、三〇〇万人のユダヤ人が居住するポーランドのユダヤ社会が、東欧ユダヤ社会の中核的な役割を果たしていた。十九世紀まではポーランドとリトアニアを中心とした東欧に全世界の八割にあたるユダヤ人が住んでいた。ホロコースト後の一九四六年には二四万いたポーランドのユダヤ人も、次々と国外へ移住し、二〇二二年には一万人ほどしか残ってないようだ。それにもかかわらず、やはり反ユダヤ主義の国民感情は今でも根強いらしい。一つには経済的な優位性と、もう一つは、ポーランドがカトリック教であるので宗教的な反発がユダヤ教に対してあるようだ。キリスト教の中でも歴史のあるカトリック教は、ルターたちの宗教革命によって十六世紀に始まる新教よりもユダヤ教との宗教論争が長いだけ、その反目も深い。

ユダヤ人としてポーランドで生を受け、戦時中ポーランド人に匿《かくま》われ命拾いをした作家コジンスキー（一九三三—九一）は彼の出世作『ペインティド・バード』（一九六五年）で、主人公の少年の目を通してポーランド人の残酷な側面を強調している。一九五七年にアメリカへ渡ったジャージ・コジンスキーは写真家としても活躍したが、九一年に自殺してしまった。ポーランド人のグジャゴシはこの作家に心惹かれ、コジンスキーをテーマに論文を作成中である。

このコジンスキーに関するドキュメント映画も作られ放映された。その中で、彼が戦争中に身を隠していた村の人々は「私達はあの方が子供の頃、あんなに優しくしてあげたのに、どうしてあんな小説を書いたのか気が知れない」とレポーターに不満を訴えていた。

作家自身も生前、作品は虚構であることを認めている。しかし、作品とは独り歩きをするものであるからどうしようもない。また、危害を加えられる弱者の側に身を置いた幼いユダヤ少年の目には、どんなに些細なことでも、想像を絶する恐怖として映っていたのかもしれない。

いずれにせよ、私たち日本人には到底想像もつかない感情的な「しこり」がポーランド人とユダヤ人の間にはあるようだ。ひょっとすると、戦後七十七年を過ぎても消えることのない韓国・北朝鮮人の日本観とも通底することかもしれない。

こうした歴史が背景にあるので、アメリカのユダヤ系学生も、少なくとも当時のポーランド社会を批判的に見ている。グジャゴシに言わせれば「我々ポーランド人もドイツの犠牲者であったのだ」という。当然の反応かもしれない。当時のポーランドを批判することは、自分の両親、祖父母を否定することでもあるからだ。

こうした歴史へのそれぞれの思惑とお互いへの遠慮もあったのだろう、いつもの騒がしさもなく、我々はある種の緊張を保ったまま静かにテレビの映像に見入っていた。時折漏れるため息が、問題の深刻さを物語っていた。

第十一章　イスラエルへの旅立ち

「橋の下を多くの水が流れた」という表現がイディッシュ語にはある。多くの時が流れた、という意味で用いられる。私の留学も七科目の最終試験と論文提出で終わりを迎えた。過ぎてしまえばあっという間であった。

若い友人もたくさんできたし、諸外国からの学者ともしっかりとしたネットワークができた。中でも、イスラエルに数人の友を得たことは、ユダヤ学を学ぶ私にとって貴重なものとなった。

私が日本への帰国準備をし始めたある夜、イスラエルのバリラン大学で政治学を教えるギオラ・ゴールドベルグ教授と、彼の部屋でいつものようにイスラエルの問題を話していた時である。彼は私を他の人のように「ヒロ」とは呼ばず、「ヨシ」と呼んだ。ユダヤ人の名前に近いから、親近感を抱くらしい。私は「よしじ」という名前なので、亡父も私を「よし太」と呼んでいたし、竹馬の友も「よっちゃん」と呼んでいた。それが普通の呼び名である。しかし、英語をするようになり、苗字の「ひろせ」と「ヒーロー」をかけて、英語では自分を「ヒロ」と自己紹介をするようになっていた。初めて、イスラエル人にユダヤ名に近い「ヨシ」と呼ばれて、何か生まれ変わったような気がした。"Joshua"を英語では「ジョシュア」と発音するが、ヘブライ語では「ヨシュア」であることは、聖書の「ヨシュア記」からも明らかであろう。イスラエルではヨシュアという名前がよく使われるが、子供であれば「ヨッシー」と発音する。そんな理由からギオラが私を「ヨシ」と呼んだのであろう。これ以降、私は諸外国で講演する際には「ヨシ」で通している。

「ヨシ、日本に帰る前にイスラエルに来ないか？　自分の眼で見れば、今のユダヤ人の生活がもっとよくわかるはずだ。それに、もし興味があるなら、テレビ局にも話をつけておいてやるよ。なんせ、イディッシュ語を話す日本人なんてそういないからね。イスラエルでだって一割くらいの人しか話せないから。もちろん、私の家に何日でも泊まったらいい。私自身と家内はアメリカへ行くので、しばらく家には帰らないが、その間、娘のダナ夫婦が留守番をしてくれているので心配はない。イディッシュ語作家ともコンタクトしておいてあげよう」

このような有難い申し出を受けた私は、今まで学んできた学問を試す絶好のチャンスだと思った。テロ事件が多発している国イスラエルに、まったく不安がなかったわけではない。しかし、それ以上に自分のヘブライ語、イディッシュ語を本場で試してみたいという気持ちが先行した。

オックスフォード大学に来る前の私は、イスラエルに対する関心は全くなかった。今はなき流浪の民ユダヤ人――犠牲者でありながらも、常に信仰心とユーモア精神を失わなかったテヴィエ(『屋根の上のバイオリン弾き』)のようなユダヤ人にのみ私の関心は絞られていた。国家主義者や、政治的なイスラエル人には正直なところ好印象は持っていなかった。

しかし、今まで述べてきたように、数多くのイスラエル人に出会い、同じ研究所で暮らし、個人レベルで親しくなるにつれ、それまでの私の考えがいかに偏見に満ちた一面的な見方であったかを思い知らされた。どこの国の人もさまざまである。イスラエル人が「サブラ」と呼ばれる理由もわかる気がする。「サブラ」とはサボテンのことである。表面はとげとげしいが、中身はみずみずしく柔らかい。確かに、いかにも攻撃的で妥協などしないという印象を与えるイスラエル人もいる。一方で、対照的に穏やかで、感じの良い方も多い。

そればかりではなく、「約束の地」イスラエルは、ユダヤ学とその伝統を学ぶためには無視できないことがようやく私にもわかりかけてきた。これもオックスフォード大学で学んだ成果である。

このように、私がイスラエルへの考え方を大きく変えた時、タイミングを見計らったかのようにギオラが招待してくれたのだった。申し出を受けたその場で私は帰国を延長し、一週間足らずのイスラエル行を決意した。

平和路線でイスラエルとアラブが近づいてきていた一九九五年であったものの、アラブの過激派ハマスによるテロ行為が止むことのない状況であった。当時でもイスラエル兵の乗ったバスに爆弾が仕掛けられ、多くの死傷者が出た。私が世話になったフリーダ夫人も、従兄がこのテロで一人息子を亡くしていた。非ユダヤ人のイギリスの友人も「イスラエル？　大丈夫？」と心配してくれた。それでも、イスラエルを訪れ、その地で活躍するイディッシュ作家に会ってみたいという私の欲求は抑えがたいものだった。

イスラエルへの旅はすでにイギリスのヒースロー空港から始まっていた。

航空券を買った旅行会社で「『イスラエル航空』は特別警戒が厳しいので、三時間前に空港に行ってください」と念を押されたので、私は大事をとって四時間ほども前にヒースロー空港へ出向いた（二〇二二年の現在でも、コロナや厳しいセキュリティ・チェックのため四時間前に、という注意書きがある）。そして、広い空港内を歩き「イスラエル航空」の受付カウンターを探した。しかし、そんなカウンターはどこにもない。空港案内で訊ね、やっと空港の隅にある売店程度のカウンターを見付けたが、シャッターが下りていて、誰もいない。隣の売店の人に訊ねると、出発三時間前までは開かないという。他の航空会社であれば、いつもカウンターが開いていて、早めに荷物を預けることができる。そして搭乗券をいただき、すっかり身軽になり、あとは税関を通ればよいわけだ。ところが、イスラエル航空はそうはいかない。きっちり三時間前に小さなカウンターが開くには開いたが、中年の男の人がひとり姿を現しただけだった。私がパスポートと航空券を見せると、直接ゲートへ進むよう、ぶっきらぼうに指示した。いつもと勝手が違うのでよくわからないまま、ゲートにまわった。もちろん他の便の乗客は、搭乗券しかもっていない。私ひとり、重いスーツケースを引きずりながら、搭乗券ももらえないまま、指定されたゲートへ進んだ。

出発ロビーに行く前に、イスラエル航空を利用する乗客はすべて、一人ひとり取り調べ室(?)係官の「尋問」を受けなければならないのだ。ギオラから前もって聞かされてはいたものの、係官の執拗《しつよう》な質問には閉口した。


「旅行の目的は?」

「研究のためです」

「何の研究ですか?」

「ユダヤ文学です」

「具体的には?　いつ、どこで、どうして興味を持ったのですか?　誰に習いましたか?」


こんな調子で質問は続く(現在でも、日本から直接ではなく、他の国を経由してからイスラエルへ単独で入国する時はチェックが厳しいようだ)。それればかりか、友人宅に泊まるのだと話すと「その方の職業は?　どれくらいその人を知っていますか?　どこでどうやって知り合いましたか?」と際限なく質問は続く。ギオラもこうした事態を予測して、私に招待状を書いてくれていた。そこには、ギオラの社会保険番号、職業、住所、電話番号まで記されている。このギオラの招待状を見せると「少し貸してください、確認の電話を入れますから」と言って、私の旅券と招待状を持って若い係官は去っていった。「やれやれ、これでおしまいだ」とほっとしていると、先ほどまで私に質問していた若い女性係官は、部屋の隅に立っていた若い男性係官のところに行き、私のことを報告している様子であった。しばらくして、報告を受けていた男性係官が私の書類を持ってやってきた。「安全確保のためですのでご協力ください」と前置きして、またもや今までとほぼ同じ内容の質問をしてきた。うその答えがあれば、その矛盾を二回の質疑応答で見抜くのであろう。しかし、さすがに私もこれには少しいらだった。今までの質疑応答はすべて英語であったが、私は突然、この若い係官の祖父母の世代の母語であるイディッシュ語で答え始めた。すると、その若い係官は案の定、目を丸くして私に訊ねた。

「イディッシュ語を話されるのですか？　日本人でしょう？？」

と英語で聞き返した、

「日本人だってイディッシュ語のできる人はいますよ」

と私は笑いながら答えた。彼はすぐに別の係官に大声で声をかけた。

「誰かイディッシュ語を話せるか？」

すると、背の高い若い男性係官が近づいてきた。

「イディッシュ語を話せるのですか？　私の祖母もその言葉を話していました」とにこにこしながら私に話し掛けてきた。係官が見せた初めての笑顔である。私は少しいらいらしていたので、一気に早口でイディッシュ語を話し始めた。すると、私のイディッシュ語を聞いていた三、四人の別の係官も私の周りに集まって来た。私は最後に、そうした若い係官たちに言った。

「現代へブライ語もいいけれど、伝統的なイディッシュ語も大切にして、忘れないでくださいよ。伝統的なイディッシュ文学はまさに、ユダヤの精神伝統の宝庫ですからね！」

係官たちの顔には、もう先程までの猜疑心《さいぎしん》に満ちた表情はなかった。そればかりか私に握手を求めてきて、口々に「あなたのおっしゃる通りです。どうぞ楽しい旅をしてきてください！」と言葉をかけてくれた。親しみの笑顔をたたえた彼らの表情は、普通の若者のそれであった。

数年前に、まだ私がイディッシュ語を話せない時に彼らと出会っていたら、おそらく、険しい表情のイスラエルの若者に好意的な印象をいだくことはなかったであろう。言葉というものが、人と人を関係づけるのにいかに重要な要素であるかを思い知らされた。

ロンドン・ヒースロー空港からテル・アヴィヴの空港まで、五時間余りの旅である。出発ロビーで待つ乗客は、ほとんどイスラエル人のようであった。服装から、いかにも正統派のユダヤ人らしく、黒い外衣に山高帽といった出で立ちの人もぽつりぽつり見受けられる。きっとハレディームと呼ばれる超正統派の人たちであろう。長くたっぷりとした顎髭もたくわえている。

ユダヤ系アメリカ人でノーベル賞作家の小説家ソール・ベローが書いた紀行文『エルサレム紀行』（一九七六年）の一節が思い出された。

ベローが夫人を伴いイスラエルへ向かう機内でのことだ。彼は窓際が好きなので窓際に、そして妻がその隣に座った。三人掛けのその列の端の席に、あとからたっぷりと髭をたくわえた黒装束のハレディーム（超正統派ユダヤ教徒）のユダヤ人がやってきた。彼はベローにイディッシュ語で訊ねた。

「あなたもユダヤ人ですか？」
「ええ、そうですが」
「それじゃ、分かっていただけると思いますが、私は女性の隣には座れません。すみませんが替わっていただけませんか？」

ベローはハレディームがユダヤ教の律法に忠実なのをよく知っていたので、しぶしぶ妻と席を交替したのだ。しばらくして、機内食の時間になった。隣の若い超正統派のユダヤ教徒がいるので、いつもはそうしなかったが、彼に気を遣いユダヤ律法に合った清浄な食事(コーシャー・フード)を注文した。

税関での長い取り調べで空腹であったベローが食事に食らいつこうとすると、隣のユダヤ人がまたもや待ったをかけた。戒律を尊ぶ彼にとっては、いくらそれがコーシャーであると知っていても、所詮機内食なので信用できないらしかった。そこで、自分で用意してきたサンドイッチを一緒に食べないかとベローに提案したのだ。そればかりか、これからもユダヤ律法にかなった食事を一生すると約束してくれれば、週に二五ドル差し上げようとまで熱心に青年は見ず知らずのベローに申し出たのだ。相手がアメリカで有名なノーベル賞作家であることも知らないのだ。超正統派にとって、文学は偶像崇拝にあたるとして読むことも許されない。もちろん、ベローは丁重にそれを辞退した。

我々日本人の感覚では信じられないが、現在でもこの超正統派のユダヤ人はニューヨークでもユダヤコミュニティなどで伝統的で敬虔な生活を続けている。私がエルサレムで是非見たいと思っていたのは、こうした人々の生活であった。イスラエルでイディッシュ語を生活言語として守っているのが超正統派の人々であるからだ。元来へブライ語はユダヤ聖書の言葉であったので、ユダヤ教会でのみ用いられた。東欧・ロシアのユダヤ人の日々の生活言語は聖なるへブライ語ではなく、イディッシュ語であったのだ。しかし、ホロコースト以降、イスラエル国家は伝統ある書き言葉の聖書へブライ語を簡略化して話し言葉にし、新国家の母国語にしたのだ。それ以来、イディッシュ語は前述したように、ハシド派のような伝統的な超正統派であるユダヤ教徒のみが生活言語として用いている。こうした伝統的な聖と俗の世界の区別をいまだ守っているのが超正統派の人々である。後年、アメリカのニューヨーク州の超正統派コミュニティである「キリアスジョイス」を訪れると、彼らは完全にイディッシュ語を公用語としていた。

出発時間が近づき、やっと搭乗が許可された。私が窓際の席に着くと、隣に三十代後半くらいの夫婦が席に着いた。穏やかな表情の感じの良い方であったのでほっとした。五時間のフライトの間に、二人とも、二人は私にイスラエルの国についていろいろと教えてくれた。彼らは、テル・アヴィヴ市から電車で二時間ほどのハイファーという風光明媚な街に住んでいる。ご主人は日本にも来たことのあるビジネスマン。奥さんは、地元ハイファーの新聞社で記者をしているという。その奥さんが私にこう言った。

「イスラエルが宗教的な国だと思ったら大間違いよ。宗教を信じる人なんて、三割いるかしら？　他の国と一緒よ」

私も一年間、オックスフォード大学でいろいろなイスラエル人に会っていたので、このことに驚かなかった。ギオラも私と散歩している時にこう話していた。

「きっと、イスラエルのユダヤ人が一番ユダヤ教へのこだわりが少ないと思うよ。よその国に住むとユダヤ人は、自分でユダヤ律法を意識しなければ自分のアイデンティティ感が得られないわけだよ。でも、イスラエルに住んでいるユダヤ人は努力しなくてもイスラエル人であるからね」

考えてみれば当たり前である。日本に住んでいる日本人が、外国に長く住んでいる日本人のように、自分の生まれた国の文化やその言葉を強く意識するだろうか。ユダヤ人も同じである。一九四八年のイスラエル建国後、そこに住むユダヤ人は疑うことなくイスラエル人なのだ。要するに自分自身のアイデンティティを伝統的なユダヤ教に頼る必要はないのだ。

イスラエル空港では、予想外にたいした調べもなく入国できた。到着ロビーに出ると深夜を回っていたが、ギオラの娘ダナがにこやかに手を振って「ヨシ！　ヨシ！」と私を歓迎してくれた。全く初めての地で、温かく迎えてくれる人がいることがいかにありがたいか、この時ほど身に染みたことはない。それも、二十代の美しい笑顔に迎えられるのであるからなおさら。

ダナとダナの小柄な夫アリ（ヘブライ語でライオンの意）が車で私を迎えに来てくれていた

のだ。

空港から三十分ほどで、テル・アヴィヴ市内のギオラ・ゴールドベルグ宅に着いた。ギオラと彼の妻、それに末の娘さんが国外に旅行中、若いダナとアリが家の留守番をしていたのだ。

ダナは父の客として私に敬意と親しみを示してくれた。文字通りの大歓迎である。彼らの礼儀正しさの中に、ヨーロッパとは異質のものを私は感じた。アリは三年の兵役を終えて、現在はテル・アヴィヴ大学医学部の学生であった。とても感じの良い、物静かな青年である。この時になって、よくギオラが娘婿を褒めていたのを思い出し、納得がいった。

テル・アヴィヴの夏は暑く、湿度も高い。ちょうど日本の夏を思わせる。ギオラのマンションは市内の一等地にあり、ずいぶん大きい。玄関を入ると、広いリビングが広がる。五十畳くらいはゆうにあるだろう。もう午前一時をまわっているのに部屋は蒸し暑い。ダナは疲れた私を気遣ってすぐに寝室に案内してくれた。すぐにシャワーを浴び床に就いたが、暑さと湿気でなかなか寝付けなかった。

早朝五時過ぎ頃にはもう外が明るくなり目が覚めてしまった。目覚めたもう一つの理由は、騒音である。大きな通りがマンションの前を走っていたので、車の騒音が耳を突いた。

そればかりではない、早朝から道路工事のけたたましい音が耳をつんざかんばかりに聞こえてきたのだ。この騒音に耐えられず、私はそっと寝室を出て居間に行き、窓から外を眺めた。高級マンションの立ち並ぶ大通りの両側には背の高い棕櫚《しゅろ》の木が続く。「これがイスラエル、テル・アヴィヴだ。とうとう来てしまった」と私は自分に言い聞かせるように独り言。窓から首を出して、すぐ真下を見ると、「ゴラン高原を守れ」の垂れ幕が掛けられていた。一九六七年の「六日戦争」でイスラエルが大勝利を収め、急激に国土は拡張した。しかし、その後、アラブ諸国との和平を故ラビン元首相が推進し、平和とひきかえに、占領地区を少しずつアラブ側に返す方向にイスラエル左派が動いている。しかし、保守的なイスラエル右派(ギオラもその一人)はそのことに反対しているのだ。一九九六年から二〇一三年まで、日本の自衛隊は国際平和協力業務で、シリアとイスラエルの境界に位置するゴラン高原へ派遣されているので、日本の新聞にもよくゴラン高原の名前を見るようになった。後述するように、イスラエルはほとんどが平地のために、ゴラン高原のような高い場所は要塞上非常に重要な意味を持つので、イスラエルはこの地を占領し続けているようだ。

オックスフォードに一緒に住んでいた頃、タカ派と言われていたギオラが私にしみじみとこう言ったのを覚えている。

「私だって、好きで強硬派を支持しているわけじゃない。イスラエルは本当に小さな国。自分たちで必死に国を守らなければ、一日で滅ぼされてしまう。日本では、海の上に新しい空港（関西空港のこと）が作られたね。もし、イスラエルが国境のない海上にできたらどんなにいいかとさえ思うよ」

それまでは、島国生まれであることが、私には常にハンディに感じられていた。が、ギオラの一言で、海に守られた国日本が、いかにその海の恩恵にあずかっているかということを思い知らされた。イスラエルは宗教も人種も異なるイスラム教国家のレバノン、シリア、ヨルダン、エジプトという四つのアラブ諸国に囲まれているのだ。政治的・軍事的衝突が起こるのも頷けよう。

イスラエルに到着した翌日からの日程はすべてダナが計画してくれていた。

第一日目は、テル・アヴィヴの市内観光とバリラン大学のイディッシュ語学科の学科長との面談が組まれていた。

夏季のイスラエルは雨がない。その上暑いために、大気も大地も、からからに乾いている。とても埃《ほこり》っぽい。テル・アヴィヴはとくに緑が少ない。市内の木々はすっかり弱っていて、生気がない。緑豊かなオックスフォードから来た私にとっては、息が詰まりそうだった。やはり砂漠だ。公園の樹木は今にも倒れそうに虫の息である。試しに私は公園で、木の根元の土を少し掘ってみた。二十センチほど掘っても、粉のようにさらさらして乾燥しきった砂でしかなかった。聖書にある「乳と蜜の流れるカナンの地」という理想郷は、厳しい環境にあったユダヤ人の夢の表れではなかったろうか。

一九九五年時点ではまだテル・アヴィヴ市内は、バスがほとんど唯一の公共交通機関である。そのため縦横無尽に、監視が不可能なほどに多くのバスが走っている。バスが爆弾テロの標的になるのもそのためだ。鉄道はテル・アヴィヴから、北部の美しい町ハイファーまでの一本だけ。しかし、現在では、二〇一八年に一部開通したベングリオン空港経由のテル・アヴィヴとエルサレム間の高速鉄道も開通したようで鉄道網も充実し、電車の旅も便利になったようだ。

市内をダナと話しながら歩いていた時のことである。向こうから薄汚れたランニング・シャツ一枚に、よれよれのズボンを履いた中年の男がやってきた。見ると、腰に拳銃をぶら下げているではないか。私は全身から血の気が引くのを感じた。それればかりか、その男とすれ違いざまに目が合ってしまったのだ。（まずい！）と私は思い、彼の鋭い視線を背に感じながら、速足で彼から遠ざかった。隣のダナも怪訝な顔をして私の歩調に合わせて急いでついてきた。だが、彼女にはなんら驚いた様子はない。私はてっきり、その男は精神に異常をきたし、家から銃を違法に持ち出してうろついているのだと早合点をしていたのだ。しかし、後でダナに訊ねてみると、イスラエルでは一般市民でも銃の携行が認められているのだ。つまり、ダナにとっては、そんな光景は日常茶飯事のことであった。説明を聞いてからも、島国出身の私にとって、イスラエルの「日常」はあまりにも衝撃が大きかった。そういえば、ゴラン高原に派遣されていた日本の自衛隊員が新聞社の会見で、次のように語っていた。

「毎日、われわれの傍らでイスラエル兵が実弾で戦闘訓練をしています。最初は驚きますが、次第にこうした状況に慣れていってしまう自分たちが怖いですね」

短期間ではあるが、これからのイスラエル滞在が少し気がかりになったのは事実である。

第十二章　心優しいユダヤ作家

イスラエル滞在二日目はとても忙しかった。午前中にユダヤ教正統派であるバリラン大学を訪問し、午後から二人のイディッシュ作家への訪問取材が予定されていた。

バリラン大学のイディッシュ語学科長であるジョセフ・バーアル教授との約束は十一時であったが、早めに大学へ出向いた。バリラン大学はユダヤ教正統派の大学であるせいか、頭にキパと呼ばれる丸い室内帽子を被っている生徒が多く見られた。やはりイスラエルだ。当たり前だが、改めてそう感じた。

「折角だから、バリラン大学の図書館をお見せします」とダナが、私を大きな大学図書館に連れて行ってくれた。図書館の係の人は、ダナの身分証明書はチェックしたものの、彼女の後についていった私を一瞥《いちべつ》しただけで、とくには何も言わなかった。これまた当たり前だが、どの本棚を見てもヘブライ語の本ばかりで占められている。少なからず私はカルチャー・ショックを覚えた。さすがに圧倒された感じだ。そんな私をダナはまず、現代ヘブライ文学の書架に連れて行ってくれた。エイモス・オズ、アップルフェルド、シュラミス、ユフダ・アミハイといった現代作家の作品が、何列もの書架を占めていた。私が名前さえ聞いたこともない現代作家の作品も多くあった。しかし、何といっても現代イスラエル文学が確立するのは第二次世界大戦以後のことであるから、ヨーロッパ文学や日本文学などと比べれば微々たるものである。

ヘブライ文学の書架の一番端に、一列分、イディッシュ文学のコーナーがあった。イスラエルにおけるイディッシュ文学の地位を象徴する分量である。ヘブライ文学専攻のダナの説明だと、最近は少しずつ学生もイディッシュ文学に興味を示すようになってきているという。ダナも現在はまだ学んでいないが、近い将来にはイディッシュ語も研究したいと私に語った。

アメリカのユダヤ系作家であるシンシア・オジックが、短編小説「妬み——あるいはアメリカのイディッシュ語」（一九七一年）の中で、ユダヤ移民の多いアメリカでさえ、いかにイディッシュ語が風前の灯《ともしび》であるかを描いている。ユダヤ人の国、イスラエルでも状況は変わらない。否、「現代ヘブライ語」を国語に選択したのであるから、アメリカ以上に伝統的なユダヤ語に無関心であるのが現代のイスラエル国家だ。

約束の時間より少し前にバーアル教授の秘書の部屋を訪れると、すぐに教授の部屋に通された。バーアル教授は穏やかな笑顔で私を迎えてくれた。老教授は、私に気遣ってか、ゆっくりとしたイディッシュ語で話しかけてきた。やはり、どうした経緯で私がこの希少言語を研究するに至ったかを訊ねられた。そんな会話から、私がオックスフォード大学でしていた研究等の話まで話題が及んだ。

二十分ほどすると、教授が私に「これから学科会議があるのですが、一緒に来られますか？」と意外な申し出をした。教授会といえば、どこの大学でも関係者以外は中に入れないのが常識である。それなのに、先ほど会ったばかりの私を内側の世界に招待してくれているのだ。自分の語学力も顧《かえり》みず、私は二つ返事で参加させてもらうことにした。このような機会はまたとないとわかっていたからだ。もちろん、バーアル教授も、そうであるからこそ私を招いてくれたのであろう。

緊張しながら、教授のあとについて会議室に入ると、すでに十数名の若い教師が待っていた。場違いの感じがする私の存在にみな一様に驚いた。その表情を無理に隠すように微笑んだ。教授は早速そんな彼らに私を紹介してくれた。

議題は、八月から始まる夏季イディッシュ語コースの指導に関することであった。若い教員たちは、ずいぶん自分の教育に自信があるとみえて、各々がかなり強い意見を発する。

そうした意見を、最後に学科長のバーアル教授がまとめた。論客の若い講師たちも、さすがに学科長が発言すると何も反発せず、彼の意見に従った。それだけ、彼の実績には一目置いているということだろう。バーアル教授は学問的にも業績の多いイディッシュ文学研究家で、私もシンガー論を書くにあたり、彼の作品を参考にさせていただいたことがある。

緊張していたせいか、一時間の会議が私にはずいぶん長く感じられた。後にも先にも、会議とはいえイディッシュ語が実際の仕事で使われているのを見たのはこれが初めてであり、おそらく最後になるのではないだろうか。そんな貴重な体験を味あわせてくれた優しい紳士バーアル教授と強く握手を交わし、私はダナと共にバリラン大学を後にした。

次の約束は、イディッシュ語作家の重鎮、ツァニン氏とのインタビューであった。ツァニン氏は小説、エッセイを多数残しているイスラエル屈指の作家である。また彼は、現代イディッシュ文芸誌を代表する『金の鎖』（ゴールデネ・ケイト）を編集するエイブラハム・スッツカヴェー氏に協力し、よくこの雑誌に短編を発表している。イディッシュ文学を調べる際には、まずこの雑誌を見なければならない。オックスフォード大学にいた時は、私もよく大学図書館の一つ「テローリアン・ライブラリー」の書庫で『金の鎖』を読み漁っていたものだ。

ツァニン氏との待ち合わせの場所は、作家クラブの喫茶店であった。ダナと私が広い喫茶店に入って行くと、お店の奥の席にいた老紳士が立ち上がり、右手をあげて私たちを迎えてくれた。実に柔和な表情の老作家である。満面に歓迎の気持ちを表してくれた。どういうわけか、イディッシュ語に関係している人に険しい表情の人は少ない。攻撃性が少ない言葉であるのかもしれない。そういえば、イディッシュ作家アイザック・バシェヴィス・シンガーが、一九七八年のノーベル賞受賞スピーチでこう述べている。

「イディッシュ語は流浪の民の言葉――国、国境もない。いかなる政府に保護されることもない。武器、弾薬、戦闘、戦略などにかかわる言葉もない言語なのです」

神への信仰という最高の保護を心の糧《かて》にして、貧しくても楽しく暮らしてきたのがイディッシュ語を話す東欧のユダヤ人であったのだという。

ツァニン氏は非常に穏やかな口調で私にイディッシュ文学や、ご自身の東欧での苦労話を聞かせてくれた。その話の中で、私が最も驚いたことは、ツァニン氏が日本に来たことがあるということだ。それも戦時中の話だった。

一九四〇年、当時リトアニアのカウナスの日本領事館副領事であった杉原千畝は、ナチスに追われるユダヤ人難民二千人以上の人に「日本国通過ビザ」を発行した。彼の英断は当時の日本外務省の命令に反した行為であった。杉原氏の妻、杉原幸子氏の『六千人の命のビザ』（一九九〇年）によれば、皮肉にもその人道主義のおかげで、終戦後、杉原氏は外務省を追われ、同省の名簿からもその名は抹消されてしまったのだ。七〇年代になって、戦争中に杉原氏に救われたユダヤ人らが、やっとの思いで老いた杉原千畝氏を探し出し、その結果彼は、日本人では初めての「異教徒の正義の人」に選ばれ、イスラエルに名を残すことになった。日本のマスコミが杉原氏の功績を大きく取り上げてから、しぶしぶ外務省も当時の省の非を認めた。それ以降、アメリカの多くのホロコースト記念館には杉原コーナーが設置されている。

杉原千畝という一人の日本人の功績のおかげで、私は随分恩恵を受けた。後にニューヨーク大学でお世話になった教授シェヴァ・ザッカーさんも父親が杉原ビザで日本へ渡り、命を救われたと杉原氏の話を取り上げ、日本に感謝していた。事実、イギリスでもイスラエルでも杉原氏の話はよく会話に出てきた。同じ日本人であること以外の共通項を持たない私だが、そんな時は、自分自身の手柄でもあるかのようにうれしかった。しかし、イスラエルで実際に杉原氏に救われた人と出会うなどとは思いもしなかった。人生とは不思議な出会いの連続である。ツァニン氏こそ、その数少ない生き残りのひとりであったのだ。杉原氏への恩を返すかのように私を歓迎してくれた。

ツァニン氏はずっと笑顔を絶やさず、優しい語り口で私の脈絡のない質問に答えてくれた。二時間ほどの取材も束の間に感じられるほど楽しいひと時であった。私たちが礼を述べて帰ろうとすると、ツァニン氏は茶色の紙包みを取り出し、広げた。中には、彼の最近の小説が二冊ほど入っていた。私の目の前でサインをしてくれた。イスラエルの現代ユダヤ作家の頂点に立つツァニン氏から直接その著作をいただけるとは、なんと光栄なことだろう。（これだけでも、イスラエルに来たかいがある）と私は考えた。

私たち二人は、後ろ髪をひかれる思いで老作家に別れを告げた。

夕方から、今度はアリ（ダナの夫）の祖父母の友人であるリフカ・バスマン夫人を訪れることになっていた。バスマン氏はイディッシュ詩人である。最近の詩集『燃える沈黙』が示すように、非常に象徴的な詩が多い。ホロコーストのような地獄の体験は、そのままでは言葉にならないものなのかもしれない。その詩集に収められた一つに「静寂」がある。

「静寂」

わたしは、海に沈みゆく
太陽に臨んだ。
その炎は優しく
わたしの顔を照らした。
海に沈みゆく前の
母にも似た慈《いつく》しみの手。

わたしは、海に沈みゆく
太陽に臨んだ。
メロディーが聞こえた、
母の歌のようなメロディー、
太陽のおもいのようなメロディー、

光がわたしの涙に反射した――
　母の輝く顔。

リフカ・バスマン氏の詩には亡くなった母親を慕《した》う詩がいくつかある。彼女が一体、いつ、どこで母親を失ったのか、私は知らない。

バスマン氏の家は閑静な住宅街にあった。細い通りの名前にも「ショレム・アレイヘム」と、イディッシュ文学の巨匠の名前が付けられていた。

門を開け、広い前庭を通り、玄関のドアをノックすると、待ちわびていたかのようにすぐにバスマン氏が出て来て、ダナを孫娘のように抱擁して迎えた。それから、ダナが私を紹介してくれた。われわれ二人はダイニングルームに通された。夕食時であったので、われわれは少しおなかを空かしていた。そんな私たちの空腹を予期していたかのように、大きな皿いっぱいのサンドイッチを用意してくれたのだ。バスマン氏は、まずは腹ごしらえをしてからお話ししましょうとばかりに、少し遠慮していた私に「エス！　エス！」（イディッシュ語で「召し上がれ」の意）とさかんに勧めてくれた。そう言われて、急に私は空腹を覚え、遠慮なくたくさんいただいてしまった。

簡単な単語である「エス」は、ドイツ語起源の動詞「エッスン」の命令形である。状況からして当然の言葉なのだが、私はこんな素朴な言葉の用法にも感動した。大学で文献を読んでいるだけでは決してお目にかかれない、生の言葉の用法だからだ。何ともいえない家庭の味と温もりを感じさせる響きがある。バスマン氏が幼い頃、きっと彼女の母親も「エス！　エス！」と言って子供たちに食事を促したのであろう。私は勝手にそんな空想に浸り、なぜか胸が熱くなった。

バスマン氏は既にご主人も亡くされてしまい、一人暮らしであった。本格的な詩人活動に入ったのは、三十年前であるという。しかし、『金の鎖』誌などにもしばしば詩を発表している、数少ない女流詩人である。

彼女は、一九二五年にリトアニアで生まれた。第二次世界大戦中はリガの強制収容所に入れられた。収容所では詩を書くことで仲間を励ましたようだ。一九四七年にイスラエルに移住し、キブツで子供たちを教える教師をした。また詩人としての活動も活発に行ない、一九八四年にイツハック・マンガー賞を受賞したのを皮切りに、名誉ある文学賞を受賞されている。

訊ねられるまま、私のオックスフォード大学での研究、日本での教育など、つたないイディッシュ語で説明した。ずいぶんわかりにくかったと思うが、ツァニン氏と同様、嫌な顔一つせずに私の話に耳を傾けてくれた。また時折、ダナと流暢なヘブライ語で話していた。私たちの腹ごしらえが終わると、亡きご主人が描いたという、かなりの数の絵を見せてくれた。広い居間の壁に所狭しと、たくさんの油絵が掛けられていた。一枚一枚の絵について彼女は私たちに説明してくれた。ご主人との楽しい思い出がぎっしりと詰まっているのだろう。生き生きした調子で次々と語ってくれる。まるで花畑の蝶でもあるかのようだ。長い夏季とはいえ、夜九時をまわると外はすっぽりと闇に包まれた。九時半頃わたしたちは失礼した。詩人は「また是非立ち寄ってくださいね」と私に声をかけてくれた。バスの停留所は近かったが、足元が暗いのでと言って、停留所までわたしたちを送ってくれた。片側三車線の広い幹線道路を、夜とはいえものすごいスピードでかなりの数の車、バス、軍隊輸送車両が通り過ぎていく。さすがに昼間の熱気は失われているが、埃っぽさは変わらない。私たちの近くをトラックが通過する時などは、とてもひどかった。われわれの待つバスはなかなか来なかった。何度も「もう遅いから、帰っていただいても大丈夫です」と私もダナも言ったが、結局バスに乗り込むまで付き合ってくれた。バスの中で私は、薄暗い街灯の下でわれわれに手を振る老いた詩人が、一日でも長く元気で活躍してくれることを心から祈った。

最後に、一九九五年に『金の鎖』（一四〇号）に発表されたバスマン氏の詩を紹介しよう。

「沈黙のなかで」

太陽は沈み、その理由を語らない
あなたが沈んだ場所へ行き
静かにあなたの声に耳を傾け
風が草と語るように、あなたと語ろう。

あなたの呼吸の色を胸いっぱいに吸い込み
あなたの生を本にみたて
伴とし、横たわろう。
その本の中のあなたの夏は光と闇

そのページの中を私は探し求める。
日の光が色を付け加えた
果てしない愛を見出す。
永遠に生きるあなたの生を発見し
私の旅の伴としよう。

最初と最後の写真。
これら二枚の間に、
多彩な王国が在《あ》る。
すべての叙事詩と抒情詩は消え去り、
大きな世界は、
傷を負いながら進む。
その傷をいやしてくれる人もない——
ただ、最初と最後の写真が残され

物語は終わることがない。

第十三章　黄金のエルサレム

イスラエル滞在も残り二日ほどになった。その日は、午後にイスラエルやアメリカで著明な演劇監督であるアツモン氏のスタジオを訪れることになっていた。

何度も繰り返すが、イスラエルの夏は猛烈に暑い。アツモン氏との約束の前に少し時間があるので、ダナは猛暑の中、私を市内観光に連れて行ってくれた。炎天下のテル・アヴィヴ市内を歩いていると、頭がくらくらしてくる。額の大粒の汗を拭きながらも、ダナは私を気遣い微笑を絶やさない。現在もイディッシュ文学を出版、販売しているペレツ出版社(兼書店)を訪れた。決して大きな書店ではないが私が欲しいと思っていた本がたくさんあった。この出版社で出版した本だけではなく、古いイディッシュ文学の書籍も多く取り扱っているので、背表紙の書名を見ているだけでも楽しくなる。私にとってイディッシュ文学のみを扱っている書店はこれが初めてであった。

イディッシュ文学史に残るような作家、詩人の本が多く揃えてあったが、やはり平積みされているのはアイザック・バシェヴィス・シンガーやイスラエル・ヨシュア・シンガーなど人気作家の作品のみである。

　私が店主にイディッシュ語で、シンガーの短編集『馬鹿者ギンペル』はありませんかと訊ねると、一瞬驚いた表情を見せたので、オックスフォード大学で私のしてきたことを説明した。すると急に安心したかのように頷いた。そして、すぐに『馬鹿者ギンペル』一篇だけをコピーしたものを私に見せた。私が捜していたのはそんなコピーではなかったので、「短編集そのものが欲しいのだ」と繰り返した。しかし、そのコピーしかないという。私は「それなら仕方ないので、結構です」と答えた。すると、なおも店主は「このコピーはいりませんか?」と訊ねた。私が丁重に断って本屋を出ようとすると、再びその店主が私を呼び止めた。ひょっとするとまだ一冊、その短編集が残っているかもしれないと言うのだ。

　しばらくして、店の奥から戻って来た店主の手には、私が探していた短編集『馬鹿者ギンペル』(一九六三年)があった。その本の装丁はぼろぼろであったが、もうしばらく前に絶版になっていた作品だっただけに、私は宝物を発掘したかのような喜びを覚えた。この一冊を得ただけでも、イスラエルに来た価値があると思った。

次に訪れたのは「ショレム・アレイヘム記念館」である。結構な大きさの立派な資料館であった。週日の午前中であったせいか、入場者はダナと私の二人だけである。イスラエルにあっても、イディッシュ文学への関心は高くないのかもしれない。なにか少し淋しい気がした。

記念館の係の若い男性に、ダナは私が日本から来たイディッシュ文学の研究家であることを伝えた。すると、その男性は奥の部屋にいた館長にその旨を伝えに行ってくれた。まもなく、大柄な館長が奥から出てきて、私たちを館長室に招いてくれた。

館長は私に早口のイディッシュ語で話し掛けてきた。そのイディッシュ語はポーランドの方言が強いせいか少し理解しにくかったが、これも勉強だと思い、必死に理解しようと努力した。三十分ほど話してから、館長は先ほどの若い男性を大声で呼びつけ、私たちを館内へ案内するように命じた。

その若い係員の母語はヘブライ語であったが、私に対してはイディッシュ語で説明してくれた。とても聞きやすい発音であった。おそらく大学で学んだのであろう。いかにも知的な標準語である。

この記念館にはショレム・アレイヘムの原稿も大切に保管されていた。何といってもイディッシュ文学古典の最高峰である大作家の原稿であるから、当然ではあるが厳重な仕方で地下の特別室に保管されていた。記念館で一般公開されているのは、そうしたもののコピーである。そんな大切な文献を私に特別に見せてくれた。

その他、保管してある貴重な文献も見せてあげようと申し出てくれたが、時間の関係でそうした親切な申し出を丁寧に辞退し、わたしたちは、約束のあるアツモン氏のスタジオへ急いだ。


住所がわかりにくく、タクシーの運転手も意外に手間取ってしまった。わたしたちがやっとの思いでアツモン氏のスタジオに着いた時は、わずかだが約束の時間を過ぎていた。汗を拭き拭きスタジオのある彼の事務所に入ると、中は当り前だがひんやりと冷房がよく効いていた。砂漠のオアシスとはこんなものなのだろうか。

事務所の玄関には、今までに公演されたイディッシュ演劇の一コマが、宣伝用のポスターになって掛けてあった。その中に『ユダヤ人は楽でない』というショレム・アレイヘムの作品があった。イディッシュ語では「シュヴェア・ツー・ザイン・ア・イド」とある。どうも、どこかで聞いた表現のような気がした。しかし、アレイヘムの作品にそんなタイトルの作品はない。しばらく考えて、やっとわかった。ロシア貴族の青年が友人のユダヤ人青年と一年の約束で身分を交換する社会小説『残忍ないたずら』に出てくる表現だ。すでにアッモン氏の劇団では、舞台公演を済ませていていたのだ。

『残忍ないたずら』とは、一九一一年に実際に起きたユダヤ人迫害をもとにしている。アレイヘムがイディッシュ語で一九二三年に『残忍ないたずら』として発表している長編小説である。

名門ロシア貴族の息子グリシャ・ポポヴが、ギムナジウム（大学進学のための中等学校）で貧しいユダヤ人学生ヘルシケ・ラビノヴィッチと級友になった。卒業の際に、ユダヤ人の苦労を何も知らないグリシャは、興味半分でユダヤ人学生のヘルシケと一年間身分を交換しようと申し出る。当然のことながら、ユダヤ人ヘルシケは、そんなことが発覚すれば警察にどんな目に遭うかわかっていたので断る。しかし、遊び心の強いロシア貴族の息子は食い下がらず、とうとう二人の身分を交換してしまう。

ユダヤ人青年になりすました貴族のグリシャは、今まで想像もしなかったユダヤ人としての屈辱や、迫害の恐怖を味わうのであった。挙句の果てに、殺人罪の汚名を着せられ裁判にかけられる羽目に陥ってしまう。この殺人罪というのが、よく知られた「儀式殺人」

なのだ。

「儀式殺人」とは、中世から存在する、キリスト教徒によって信じられた俗信である。それは、ユダヤ人が「過越しの祭」の準備に、キリスト教徒の少年の血を用いるという恐ろしいデマゴーグなのだ。もちろん、まったく事実無根のことであるが、一度人々の心に受け入れられてしまうと、ユダヤ人によるキリスト殺しという俗信と結び付き、あたかも事実であるかのように広まってしまう。これが集団心理の怖いところである。

一四七五年、中世のイタリアの町トレントで「儀式殺人」の犠牲となったと信じられた少年サイモンは、ヴァチカンが一九六五年に禁ずるまで長い間、殉教者として崇拝さえされていたのだ。「儀式殺人」は反ユダヤ主義の大きな原因の一つにもなっている。

ハインリッヒ・ハイネも「バッヘラッハのラビ」（一八四〇年）で「儀式殺人」の悲劇を扱っている。悪意のあるキリスト教徒が、別の場所で死んだ少年の死体をこっそりラビ（ユダヤ律法学者）の家に運びこんだ。ラビはすぐにそのことに気づいたが後の祭りであった。なぜなら、たとえその不正行為を訴えようが、ユダヤ人町が「儀式殺人」を理由に焼き払われることに変わりはなかったからだ。ラビは愛する妻を連れ、何も持たず町を逃げ出してしまう。事実、歴史的に見ても、「儀式殺人」の嫌疑をかけられ各地でポグロム（ユダヤ人集団虐殺)が起こっている。

ショレム・アレイヘムの『残忍ないたずら』はこうした不合理な迫害の実態を赤裸々に訴えた社会小説である。しかし、アレイヘムらしく、ちゃんと喜劇の要素も忘れず、悲喜劇の傑作に仕上げている。

私が部分的に翻訳したこともある『残忍ないたずら』のポスターに、予期せずして、アツモン氏のオフィスでお目にかかり、何か説明できない巡り合わせのようなものを感じ感慨無量であった。

アシスタント風の女性が私たちの来たことを知らせに行くと、すぐに大柄で白髪のアツモン氏が満面に笑みを浮かべ出てきた。さすがに、演劇、映画界の重鎮であるアツモン氏は、今まで私が出会った素朴なイディッシュ作家とは全く異なる印象を私に与えた。いかにも芸能界のドンという雰囲気を持つ人物である。

アツモン氏は忙しいスケジュールの中、私たちを快く迎えてくれた。彼の話によると、ほんの五、六年前に思うところがあって、それまで手掛けてきた現代ヘブライ語による演劇から急にイディッシュ演劇に転向したという。いろいろと個人的な理由があったことであろうから、私はあえてその理由を訊ねなかった。いずれにせよ、両親の言葉として幼い頃から耳にしていたイディッシュ語は、彼にとって特別な意味があるのだろう。

「最近、多くのイスラエル人はイディッシュ語を大切に考えなくなっていますね」

と私は彼に訴えかけるように言った。

「その通りだね。もっとわれわれは賢くなって、いかにイディッシュ語が大切であるのかを認識しなければならないよ」

とアツモン氏は腹立たしい様子で答えた。

アツモン氏は最後まで、なぜ現代へブライ語演劇を断念し、イスラエルでもあまり商業ベースにのらないイディッシュ演劇の世界に転向したのかを語らなかった。おそらく、ある程度の歳になり、すでに失われた東欧のユダヤ、伝統社会への憧れがその根底にあったのだと思う。

後でダナから聞いたことだが、彼の娘さんは現在イスラエルのトップスター女優であるという。その娘さんも時には、父親の製作するイディッシュ演劇にも出演しているようだ。アツモン氏は私に、劇の稽古をするスタジオを案内してくれた。そして、今までに彼が手掛けた作品のスチル写真なども見せてくれた。こうした演劇活動を紹介され、まだまだ衰えないイディッシュ語の強い活力を感じ、とてもうれしく思えるから不思議だ。まるで、その言葉が私の両親の母語であったかのように。

アツモン氏は、毎週イディッシュ語に関係するテレビ番組を制作しているので、非常に多忙である。そのうえ、アメリカへの講演旅行をこなすという。生前のアイザック・バシェヴィス・シンガー(一九〇二―九一)も個人的によく知っているという。

アツモン氏は、別れ際に私の手を力強く握り、こう言った。

「日本にイディッシュ演劇への関心があるなら、喜んで参りますから、知らせてください」

その握手にも、その言葉にもアツモン氏のイディッシュ語への熱い思いが感じられた。

ダナと私はテル・アヴィヴ大学でアリと待ち合わせをして、彼の車で一路、聖地エルサレムへと向かった。

伝統的なユダヤ教徒にとって最も大切な場所は、何といっても「嘆きの壁」である。私も写真ではよく見ているものの、具体的なイメージはわかなかった。エルサレムは、相対立するキリスト教徒やイスラム教徒にとってもメッカであるので、治安の面に問題がある。特に、エルサレムの中心地、旧市街「オールド・シティー」では異民族間のいざこざが絶えない。殺傷事件も稀《まれ》ではないという。何とも皮肉な聖地である。

「嘆きの壁」がある近くで、アリは私たちを降ろしてくれた。エルサレムの実家に用事のある彼とはそこで別れた。「嘆きの壁」へたどりつくまでには貧しいアラブ人の居住区がある細い路地を通らなければならなかった。エルサレムの治安に不安を抱きながら、私はダナについていった。大きな黒い瞳で、そばを通り過ぎる私を一瞥する浅黒いアラブ人も少なくはなかった。考えてみれば、私はその辺ではあまり見かけない珍しい「外国人」だったのだ。エルサレムは、多くのアジア系の人々にとっては殉教の地ではないので、コロナ禍の現在もアジア系の訪問者は少ないと思うが、一九九五年当時は一人も日本人らしき人には出会わなかった。

私は今までほとんどアラブ系の人々との付き合いがなかったので、必要以上に彼らに警戒心を抱いてしまった。言葉も風習も知らない民族に対し我々は、容易に猜疑心を持つものである。私もその例にもれなかった。とても悲しいことだ。

「嘆きの壁」へ向かって石段を降りていくと、随所で若いイスラエル兵士と警察が機関銃を片手に、厳重な警戒にあたっていた。しばらくして、眼前に「嘆きの壁」が見えてきた。城壁の一部であったわけだから当たり前だが、大きな石を組んだ巨大な壁である。ちょうど日本のお城の城壁の一角のようだ。第二エルサレム神殿が破壊されたのが紀元七〇年であるから、およそ二千年の風雨にさらされたことになる。黒味を帯びた城壁の石一つひとつが、その歴史の長さを刻んでいる。

ここでも男女の祈る場所は中央の仕切りによって二つに分けられている。正面から見て右側が女性の祈る場所で、左側が男性用である。壁の大きな石と石のあいだの隙間に、折り曲げた紙切れがたくさん詰めてあった。ダナに訊ねると、願い事を紙に書き石と石の隙間に詰めると、その願いが叶うという。日本のおみくじや絵馬の発想に似ている。私もそれではと思い、ダナにもらった紙切れに「家内安全」と漢字で書き、城壁の石と石の隙間に突っ込んだ、しかし、うっかりしていたので、ダナに祈り方を聞くのを忘れていた。今更離れた女性の祈る場所には行けないので、私は勝手に神社式スタイルで柏手《かしわで》を打った。まわりのユダヤ人は奇妙に思ったかもしれない。しかし、要は「祈る気持ちだ」と開き直り、それ以上は深く考えなかった。いずれにせよ、「嘆きの壁」に向かって祈る日本人もそう多くあるまい。

正直のところ、「嘆きの壁」そのものにはあまり感動を覚えなかった。しかし、四方を機関銃で守られながらでなくては神にも祈れないイスラエルの治安状況には、強い衝撃を覚えた。日本人には到底想像できない厳しい現実が、この中東地域にはあるようだ。つくづく、エルサレムの複雑な宗教の在り方を実感した。

エルサレムでもう一か所どうしても見たい場所があった。それが、エルサレム市郊外にある超正統派の人々が住むメア・シャリム地区である。そこでは、世俗語として現代ヘブライ語ではなく、イディッシュ語が使われているからだ。

ダナと私は、バスでメア・シャリム地区へ出向いた。メア・シャリム地区は、ユダヤ教の超正統派（ハレディーム）の牙城である。超正統派のユダヤ教徒らは、ユダヤ律法を重んじ、その教えを忠実に実行しているのだ。その一つの表れとして、戦前の東欧・ロシア世界のユダヤ人のように、イディッシュ語を日常言語として用い、聖なる言葉である聖書へブライ語は聖書や律法学の言葉とみなしユダヤ教会でしか使わない、と私はそれまで信じていた。彼らから見れば、イスラエルを建国し、その国語を現代へブライ語に定めたシオニスト（エルサレムにユダヤ国家を建設しようとした運動者）たちは宗教を棄《す》てた世俗的なユダヤ人なのである。伝統的なユダヤ人は、メシア（救世主）が現れて、彼らをイスラエルへ導くのだと信じていたからだ。しかし、そうした宗教的な考えでは、いつまでも祖国を再興することはできないと考えたセオドール・ヘルツルたちは、自分たちの力で祖国を復興しようと運動を始め、ホロコースト後の一九四八年にそれは実現した。

私のメア・シャリムの第一印象は「貧しい街並み」であった。黒の長衣とキパ（イディッシュ語ではヤムルカ）と呼ばれる小さな帽子を被り、長い髭と鬢《びん》を揺らしながら歩く超正統派の人々の姿があちこちに見られる。「貧しくても我々には神がついている」とでも表明しているかのような出で立ちである。生まれて初めて見るメア・シャリムの街角に私はしばらく佇《たたず》み、今はなき戦前の東欧にあったユダヤ人街（シュテトル）に思いを馳《は》せていた。ショレム・アレイヘムやアイザック・シンガーらが活き活きと描き出した東欧のユダヤ人街もきっとこんな光景ではなかったかと想像したのだ。

超正統派の社会では、女性に話しかけることは男性には許されない。そのことは知っていたので、私は街角で話している黒装束の男性二人に、本屋の場所を訊ねようと近付いた。そして、話が中断するのを待って声をかけた。もちろん、イディッシュ語である。

「ちょっとすみません」

すると、片方の男性が私をちらっと見て、なんとも言わず私を無視した。意外な反応に私は内心驚いた。欧米を旅し、色々と訊ねたが、視線が合いながら完全に無視されたのは初めてであったからだ。

しかたがないので、今度は反対方向から来た男性に訊ねてみた。今度もイディッシュ語である。

「本屋はどちらでしょうか？」

すると、意外にも英語の答えが返って来た。もちろん、イスラエル人独特なヘブライ語訛りの英語である。ここがメア・シャリム地区であることを考えるとがっかりである。

この地区に降り立ってからは、周囲の目を気にして、ダナは距離をおいて私の後をついて来るのだった。伝統的なユダヤ社会では、若いユダヤ女性が異教徒の男性と一緒にいること自体不自然なのだ。

教えてもらった本屋に入ってみると、さすがに超正統派と言われるメア・シャリムの書店だ。本はすべて宗教書のみである。私たちが考えるところの世俗的な本などは皆無だ。勝手に人物を創作する現代文学などは、超正統派の世界では許されない。それは偶像崇拝にもあたるからだ。我々の常識では理解しがたい。ついでに言えば、そうした敬虔な人々がイスラエルで必ずしも好意的には受け取られているわけではない。二〇二二年においても、ユダヤ教律法学専門学校イェシーバーに通う学生は徴兵が延期されることが、国会でも不公平だと議論されている。

好奇心の強い私も、さすがに伝統的な聖書ヘブライ語で書かれた宗教書を手に取ってみようとは思わなかった。しかし、せっかく入った本屋であったので、イディッシュ語で店主に話し掛けてみた。すると、それまで宗教書らしきものを読んでいた黒髭の店主は、いかにも物憂げに異教徒である私を見て「ヘブライ語は話さないのか」と聞き返した。生憎、私はヘブライ語が下手なのでイディッシュ語で話したいと申し出た。すると、驚いたことにこう言い返された。

「ここはイスラエルだ。イディッシュ語などではなく、現代ヘブライ語をまず学ぶべきだ」

この一言で、私のメア・シャリムへの淡い思いは音を立てて崩れてしまった。私には、その本屋の主人が、どのようなつもりでそう言ったのか、真意はわからない。ひょっとすると、イディッシュ語はあまりにも内部者の言葉であるので、私のような部外者には話してほしくないということかもしれない。その点、現代ヘブライ語はイスラエル国家の国語であるから、宗教とは関係ない現代語である。そういえば、オックスフォード大学で現代ヘブライ語を教えていたイェシーバー出の教授も、私がイスラエルに来る前に助言してくれた。

「メア・シャリムの超正統派の人たちは閉鎖的だから、ユダヤ人でもない君がイディッシュ語を話してもあまり期待しない方がいいですよ」

正直、その時はそんなことはあるまいと高を括っていたが、彼の助言が的中してしまった。

今まで、私にとってイディッシュ語は「開けゴマ」の呪文のような効力を持っていた。どんなユダヤ人と話していても、イディッシュ語のおかげですぐに親しくなれたのである。その意味で、初めて味わう挫折感であった。何か今までの努力が否定されたような気がして脱力感に襲われた。しかし、考えてみれば、自分の関心のみを考えていたために、私は超正統派の人々の独自の生活圏に無遠慮に侵入しようとしていたのかもしれない。伝統的なユダヤ人社会の一端に触れたという意味では、このカルチャー・ショックも、よそでは味わえない貴重な体験なのであろう。

午後遅い時間にアリの運転する車でエルサレムを一望できる丘に行き、車を降りて我々は、エルサレムのはるか彼方に沈んでいく夕陽を眺めた。夕陽を背景にして、聖地エルサレムはひとときも眩しく輝いた。本当に黄金の街となって燦然《さんぜん》と光を放っているではないか。その瞬間に、私は多くの民族を長きに渡り魅了してきたこの聖地の、妖しい魅力を垣間見た気がした。

第十四章　運命的な出会い

時として、人の一生を左右するような書物や人物との出会いというものがある。私にとって、アメリカのユダヤ系作家アイザック・バシェヴィス・シンガーはそんな人物であった。「はじめに」でも述べたように、一九七八年、ノーベル賞受賞の年に出版された『ショーシャ』というポーランドを舞台にした純愛小説が私の人生を変えてしまった。まだ大学院生であった私は、ユダヤ伝統はおろか、旧約聖書(ユダヤ聖書)がどんな意味を持つのかさえ知らなかった。すべて遠い世界のことでしかなかったのだ。しかし、神秘的な宇宙の謎、信仰や愛といった人生の意味を必死に求めている『ショーシャ』の主人公アーロン少年の世界に、私はすっかりはまり込んでしまった。この作品は映画『ソフィーの選択』(一九八二年)とも似ていて、哲学的求道精神を描いている。

それ以来、私はすっかりユダヤ系文学に、とりわけシンガー文学に憑《つ》かれてしまった。ポーランド生まれのシンガーはナチスのユダヤ人迫害を逃れ、一九三五年に妻子をホロコーストの危機が迫るポーランドに残し、単身アメリカへ渡るが、アメリカの文壇で確固とした地位を築く六〇年代までは、長い窮乏生活を余儀なくされた。

ロシアを経由して、パレスチナに移住した妻と息子をよそに、四〇年にはアメリカで別の女性と再婚してしまう。再婚したシンガーは、ホロコーストへの恐怖心からか、子供は作らなかった。後にも先にも息子は一人だけである。およそ三十一年前の一九九一年に、現代アメリカを代表するこの作家は、その息子に看取られてこの世を去った。享年八十九歳であった。私は、機会はあったが、なぜか生前のシンガーに会おうとは思わなかった。しかし、死後シンガーは、私の夢に現れて色々と文学についてイディッシュ語で話してくれた。あまりにも衝撃的な夢であったので後日、ニューヨークの文芸誌『アフン・シュヴェル』にイディッシュ語で発表した。

一九九五年、まだ私がオックスフォード大学にいる時に、偶然シンガーの息子であるイスラエル・ザミラ氏（ヘブライ語でシンガーの意）の朗読が英国放送で流れるのを耳にした。心の琴線に触れる哀愁のこもった口調で父親の思い出を語っていた。ザミラ氏は九四年に回想録『わが父アイザック・B・シンガー』を出版し、アメリカを始め世界各地で話題となっていた。ザミラ氏自身、長くイスラエルの全国紙『ハミシマ』紙の編集長として活躍した著名なジャーナリストであり、また作家でもある。

人の出会いとは本当に運命的である。そのザミラ氏が私に会いに、拙宅のある岡山を訪れてくれたのだ。その奇跡の種明かしをすると、大分在住の女性で拙著『ユダヤ文学の巨匠たち』(一九九三年)を読んで下さった方がいる。その女性が実は、シンガーの孫(ノアム・ザミラ)と結婚していたのだ。この方の申し出で、ザミラ氏との対談が実現したのである。彼女から出版社経由で初めての手紙をいただいた時の私のぞくぞくするような驚きは筆舌しがたい。

岡山市の私が勤務していた大学の研究室を訪れたザミラ氏は、柔和な表情の紳士であった。お互い初対面ではあったが、作家シンガーを共有しているので他人のような気がしなかった。こんな不思議な出会いは初めてである。旧友に会う、そんな感じだ。終始笑いとユーモアを絶やさないザミラ氏の中にシンガーを感じた。

ザミラ氏は父親の文学についていろいろと語ってくれた。息子が語る父親像は、やはり舞台裏をこっそり覗く感じがして、作家の体臭さえ伝わってくる思いがした。

六〇年代になり、作家シンガーはようやくアメリカの文壇で、幅広い人気を持つようになった。しかし、意外にもユダヤ社会からの反応は厳しかった。イディッシュ文学の保守的な伝統を破り、自由な男女の関係、民話に出てくるような悪霊の話など、反宗教的なテーマを赤裸々に描いたからである。ユダヤ人強制収容アウシュヴィッツを経験した生存者で、ホロコーストの悲惨さを訴え続けたことでノーベル平和賞を一九八六年に受賞したエリ・ヴィーゼルの評「ユダヤ街シュテトルを舞台にした、安っぽいエロ小説」が、そんなユダヤ人の反応を代表している。ザミラ氏は、父シンガーを次のように語った。

「父は確かにいろいろな女性も愛しましたが、それはすべて彼の文学の糧になっています。ある時、父と喫茶店にいました。すると、髭のある女性が入ってきたのです。父はすぐにその女性の隣に行き、親しそうに話し始め、興味深い話を聞き出してしまうのです。一人ひとりの語る特別な物語。それが父の求めた文学なのです。決して一般化されることのない個々人の生という神秘を執拗《しつよう》に追及したところに、父の文学の普遍性が生まれるのです」

翌日、ザミラ夫妻を後楽園へ案内すると、二人は庭園を一望し、その美しさに感嘆の声を上げた。常に戦いの緊張に晒されたイスラエルでは味わえない、静寂の美に圧倒された様子だった。

【完】

【海外公演編】

「初めてのZoom海外講演を終えて思う事」

——イディッシュ語の華：ユーモア——

二〇二一年八月三日(日本時間四日)に「全トロント・イディッシュ語協会」(The UJA Committee for Yiddish)主催のズーム海外講演を行なった。主催者側役員の一人、カナダ・トロントの弁護士(トロント大学講師)のヴィヴィアン・フェルゼン氏の依頼だった。長年にわたってカナダやロサンゼルスで毎年海外講演をしてきたのだが、ズームでの講演は初めてのことだった。実は、新型コロナウイルスの感染拡大で通常の講演ができなかった昨年もフェルゼン氏にズーム講演を頼まれたのだが、お断りしてしまった。やはり講演は対面でないと臨場感もなければ聴衆への対応もできないであろうという固定観念が私にはあったからだ。ところが、コロナがなかなか終息しない状況の二〇二一年にも、フェルゼン氏から再び講演依頼があった。二度もお断りするのはさすがに失礼なので、心の底に不安はあったもののお引き受けしたのが実情である。

そういうわけで、最初は消極的な態度であったが、主催者代表のフェルゼン氏と準備の会議をするうちに、次第に前向きに取り組んでいる自分を発見した。恐らくは、彼女のきめ細かい応対に安心してきたのであろう。その上、講演自体が「全トロント・イディッシュ語協会」のみならず、ロサンゼルスの「カルフォルニア・イディッシュ語研究センター」(The California Institute for Yiddish Center)を主宰するミリアム・コーラル氏(カルフォルニア大学ロサンゼルス校講師)や「ニューヨーク・ユダヤ文化研究所」(The Congress for Jewish Culture in New York)も協賛する一大イベントに発展していった。ズーム講演ならではのことだろう。こうなれば、なるようにしかならないと、半分あきらめの境地に達し、当初の不安は雲散霧消した。しかも、後述するように、ズーム講演には長所もあることに気付かされた。

講演前にはフェルゼン氏やコンピューター機器担当のシャーロン・パウアーさんと二度にわたって話し合いを行ない、入念な準備をした。八月三日の当日、日本時間では四日の朝七時から開かれた本番リハーサルでは、コーラル氏やパウアーさんも交えて綿密な打ち合わせが行なわれた。本番は日本時間の朝八時からのスタートである。現地トロントとニューヨークでは夜の七時、ロサンゼルスは午後四時である。国際的なズーム講演で困るのは時差による挨拶の違いであろう。「おはようございます」「こんにちは」「こんばんは」の選択が少しややこしい。その紛らわしさを避けるために私は、イディッシュ語の挨拶

「ショレム・アレイヘム」（「お元気ですか」）でかわした。

今回は、聴衆の多くがイディッシュ語に造詣が深いユダヤ系の方々なので、講演中も随所にイディッシュ語ジョークを挟みながら、大部分は英語で行なった。ユダヤ人聴衆を相手の講演では、ほとんどイディッシュ語を知らない人でも必ず一度は耳にしたことがあるイディッシュ語ユーモアを挟むのが鉄則である。ホロコーストのような深刻な話題を扱う時はユーモアのセンスが大切になる。少し大げさに言えば、イディッシュ語のユーモアは、ユダヤ人の聴衆と一体化できる「おまじない」のようなものなのだ。聴衆がどっと笑えば、あとはこちらのもの。その後は、好意的に私の話を理解し、受け入れようとしてくれる。多少英語を間違えようが、何の問題も生じない。しかし、どのイディッシュ語のユーモアが相手に好意的に受け入れられるかの判断には、長年のユダヤ人コミュニティでの経験が必要である。私が過去三十年以上かけて培ってきたのは学問ではなく、このユーモアのセンスかもしれない。残念ながら教科書では学べないのがイディッシュ語のユーモアである。イディッシュ語を話す多くの人々と生活を共にして初めて体得できるのが、生活言語であるイディッシュ語の特徴かもしれない。

ズーム講演を終えて数日後にはユーチューブ（YouTube）にアップされ、自分の講演の長所・短所を何度でも確認できた。聴衆の顔は見えないが、聴衆代表の司会者フェルゼン氏とコーディネーターのコーラル氏の反応や顔の表情から、講演のどこが評価されている部分かはある程度理解できる。講演は、おおむね私の新著 *Glimpses of a Unique Jewish Culture From a Japanese Perspective: Essays on Yiddish Language and Literature*（彩流社、二〇二一年）に基づいて、以下のような順で、二人が用意してくれていた質問に沿って私が解説をしていくという形式だ。その中から、気になった点を解説しながら論じていきたい。

（1）最初に「どのようにしてイディッシュ語と出会ったのか？」という質問がコーラル氏からあった。

私は、アイザック・バシェヴィス・シンガーを始め多くのユダヤ系作家の作品を読み、興味深いイディッシュ語表現に出くわしたことがイディッシュ語研究に入るきっかけであったことを丁寧に説明した。その過程で、イディッシュ語のユニークでユーモラスな表現を紹介した。「シュレミール」（馬鹿）、「シュリマゼル」（不運な男）、「ディブック」（悪霊）、「ゴイッシャー・コップ」（非ユダヤ人の頭、お馬鹿さんの意）、「オイ・ヴェー」（困った、助けて！）。こうしたユーモラスな表現に反応して、二人ともおかしそうに笑みを浮かべた。これらはすべて、自分たちを貶《おとし》めて笑う、いかにも滑稽なイディッシュ語表現である。関西の「ボケ・ツッコミ」漫才言葉にも少し似ている。ただ、「非ユダヤ人の頭」（goyisher kop）だけは使い方を誤ると笑いにはならない。英語で言えば“Gentile brains”であるから、そのままでは何の意味もない。しかし、それは「頭の悪いキリスト教徒」ということを暗示する侮蔑表現なのだ。イディッシュ語話者が仲間内で話す時には笑いになるが、私のような部外者が用いれば、そうした表現に言及することがユダヤ人への批判ともとられかねない。しかし、フェルゼン氏とコーラル氏もこの言葉にとくに反応し笑いこけていた。これは、彼女らとの長年にわたる親交によって、私の表現に悪意がないことが十分わかって頂けた結果であろう。ユーモアは、使う場所と人間関係を考えないと、危険な表現にもなってしまう。

（2）次の質問は「なぜ私が文学論である著書の第一章に小辻節三という日本人へブライ語学者に関する章を設けたのか？」というものだった。

フェルゼン氏の指摘の通りで、イディッシュ文学論には小辻節三論は相応しくない。小辻博士は純粋にヘブライ語に惹かれ、その研究に没頭した、当時では「風変わりな」日本人である。彼は、イディッシュ語で表現すれば "luftmentch"〈ルフトメンチ〉、世俗離れした非現実的な人物）、あるいは "meshugah"〈メシュガー〉、風変わりな、頭が少しおかしい）であるとも言える。京都の下賀茂神社の宮司の子孫でありながらキリスト教に惹かれ牧師になり、次にキリスト教の三位一体の考えに疑問を抱き、ユダヤ教に惹かれる。結果として、杉原千畝の日本通過ビザを持ち、敦賀に上陸した五千人弱のユダヤ難民を神戸やアメリカの「ユダヤ協会」と協力し、神戸に受け入れた立役者の一人である。また、彼らの通過ビザの日本滞在期間を十日から数か月にも延長する支援をしたばかりか、経済的な援助も行なった数少ない日本人のユダヤ難民救助者である。小辻は、当時の南満州鉄道総裁の松岡洋右に請われてユダヤ人問題顧問として、一九三八年から二年間満州に滞在した関係で、当地の多くの富裕なユダヤ人との親交を深めた。その結果、ユダヤ難民に深い同情と愛情を抱いたことが小辻のユダヤ難民救助の背景にある。最後には、イスラエルへ渡り、六十歳でユダヤ教に改宗した「風変わりな」学者だ。

小辻博士とは学問領域が少し違うが、ユダヤ系文学やイディッシュ文学に惹かれ四十年を費やした私自身も「風変わりな」学者だ。その私から見る小辻博士は、人間的なユダヤ人との関係を通しユダヤ社会を新たな視点から理解しようとしたヘブライ語学者である。彼の自伝的な著書『東京からエルサレムへ』(*From Tokyo to Jerusalem*, 1964)を通して、具体的にユダヤ思想について私に教示してくれた。おかげで、今まで漠然と感じていたユダヤ文化と日本文化の相似点にも私は確信が持てるようになった。この点において、小辻節三の人生から多くを学ばせてもらった気がする。それが私にイディッシュ文学やユダヤ系文学の新たな視座を与えてくれ、それ故に小辻博士を拙著で最初に取り上げた。「つまり、私たちは風変わり《メシュガー》な学者なのです」と話を締めくくると、期待していた通り二人は声を上げて笑った。

(3) 次に、イスラエル生まれのコーラル氏の「日本人にとってのホロコーストの意味とは？　そして、エリ・ヴィーゼルの文学が日本読者にどのような影響を与えたのか？」という質問が続いた。

ホロコーストの歴史的な意義は日本人には意外と知られていない。そのために、軽はずみに「笑いのネタ」にホロコーストを用い、大きな失敗をする有名人もある。「日本の常識は世界の非常識」であることが多いことを忘れると、国際社会では大きな誤解が生じる。

ヴィーゼルがイディッシュ語で著した自伝『そして世界は沈黙を守った』(*Un die Welt hot Geshvigun*, 1956)には、ホロコースト時にアウシュヴィッツ収容所に収容された自身の「死の体験」が怒りを込めて感情的に記されている。しかし、後に出版された仏訳では、個人的な感情が露出された部分はすべて削除されてしまった。その仏訳を基にさらに編集されて英訳がなされている。それが有名な『夜』(*Night*, 1958)なのだ。英訳ではテキストは原文のおよそ半分の分量となってしまった。ヴィーゼルによれば「あまりにも個人的な部分は意味がないのでカットした」ということだが、特に冒頭の部分と最後の部分は、当時のヴィーゼルのナチス・ドイツとホロコーストを無視した世界への怒りが込められている重要な部分である。ただ、一九八六年にノーベル平和賞を受賞後のヴィーゼルは、個人的なドイツ人への憎しみや、ホロコースト渦中のユダヤ人殺戮に沈黙を守った世界への批判を「直截《ちょくせつ》に表しているのは不適切だ」と判断したのであろう。しかし、その部分がないと原作のタイトル『そして世界は沈黙を守った』の意味が理解できないのも事実である。その部分を原文のイディッシュ語と拙訳の英語を付けて説明すると、フェルゼン氏がとても印象的で感受性豊かな指摘であると高く評価してくれた。おそらく両人にはホロコーストで失った親戚や知人がいるのであろう。そのために、彼女らには、ヴィーゼルが母語イディッシュ語に込めた抑えようのない怒りがよく理解できているのだ。二人の神妙な反応に、逆に私が感動した。

ヴィーゼルは、冒頭の部分で「ユダヤ人たちは稚拙な神への信仰を抱き、人間の善性を信じていた。そのことがユダヤ人に不幸をもたらした原因である」と無関心な世界の態度を批判している。また結論部分では、最後にアウシュヴィッツ収容所からドイツのブーヘンヴァルト収容所へ移され、終戦後、そこでわずかに生き残った他のユダヤ人らと共に連合軍によって一九四五年に解放されたことが記されている。しかし、十年後のヴィーゼルの悔しい思いが、イディッシュ語原文には正直に表されている。マリオン・ヴィーゼルによって英訳された『夜』の最後は次の一節で終わっている。

ブーヘンヴァルト収容所で解放された三日目に、体調がひどく悪くなった。何らかの中毒かもしれない。そのために病院に移され、二週間は生死の狭間《はざま》にあった。

ある日、起き上がれるようになったので、反対側の壁にかかっていた鏡を覗いてみ

た。ゲットーに入ってから自分の姿など見たことがなかった。鏡の奥底から死骸が
私をじっと見ていた。凝視したその目の表情を、私は生涯忘れることはなかった。
(Trans. Marion Wiesel, p. 115)

しかし、イディッシュ語原文『そして世界は沈黙を守った』では、まだ以下のような感情的な文章が続く。その最終部分を拙訳で味わってもらいたい。

理由はわからないが、私はこぶしを握り締め鏡をたたき割り、その鏡に存在していた自分の姿を破壊してしまった。そして、その場で私は気を失った。その日を境に、私の健康状態は改善した。その後、何日かはベッドから離れずにいたが、この本の原稿を書きあげたのだ。

ブーヘンヴァルト収容所時代から十年が経ち、人々の記憶からホロコーストは消えてしまった。ドイツは主権国家となり、ドイツ軍隊は復活した。ブーヘンヴァルト収容所のサディストであった卑劣な女性看視イルーセ・コッホには子供もできたことだろう。あの女は幸せな生活を送っているのだ。戦争犯罪者たちは、ハンブル

グヤミュンヘンを闊歩《かっぽ》している。過去は消し去られてしまい、忘れ去られてしまった。ドイツ人と反ユダヤ主義者たちは、六〇〇万人の犠牲者の話は単なる伝説でしかないと世間に触れ回っている。浅慮な人々はきっとそれを鵜呑みにするにちがいない。それが今日でなければ、明日にはそう信じるだろう。

ブーヘンヴァルト収容所で書き記したこの本を出版する価値があるだろうか私は思案した。その本によって世界の人々が進むべき道を正し、人間の良心を目覚めさせるであろうと考えるほど私は愚かではない。過去にそうであったように本に力があるとも思えない。ホロコースト時に沈黙を守っていた世界は、これからもそうするだろう。

ブーヘンヴァルト収容所から十年が経ち、こう自問する。「鏡を壊した価値はあっただろうか？　本当に意味があっただろうか？」

（エリ・ヴィーゼル、広瀬佳司訳、三四五頁）

（4）「広瀬教授は、アイザック・バシェヴィス・シンガーの作品に出会いイディッシュ語研究を始められたということですが、なぜこの作家がそれほどまでに日本人に好まれるのか?」という質問がフェルゼン氏からなされた。

シンガーがあまりにも男女の関係を赤裸々に描くので、法律家で保守的なフェルゼン氏はあまり好まないようだ。

シンガーはユダヤ伝統を現代風に変容している点もあるが、ユダヤ民話を児童書のモチーフとして好んで扱っている等、伝統を大事にしていることに変わりはない。しかし、その一方で、アメリカへ移住して伝統的なユダヤ教を棄てて新世界に身を置き、同化を進める人物にも着目した作品を書いている。そのために「ユダヤ人の裏切り者」などとあからさまにイディッシュ作家たちから非難されることもある。そんなシンガー独自の「伝統と革新」という文学世界が、伝統を大切にしながらも欧米の科学・文化的革新を受け入れる日本人のメンタリティーに類似しているから、シンガーが日本人に好まれるのではないかと思う、と私は答えた。

(5) 次に「ユダヤ文学の『聖なる空間』と『俗なる空間』とは具体的にどのような意味なのか?」という質問をコーラル氏から受けた。

私から見れば、ユダヤ聖書にもヤコブが体験する「聖なる空間」などの表現がなされるので当たり前のように感じていたが、ユダヤ世界に生きるコーラル氏もフェルゼン氏も、あまりにも当然なことなので、ことさらに自分の文化における「聖と俗」を区別する意識がないのであろう。日本の神社における「聖と俗」空間の区別を説明すると二人とも納得した。

シンガーの実体験から語られた『父の法廷』(*In My Father's Court*, 1966)から安息日の「聖なる空間」を描いた部分を引用すると、その区別を再認識されたようである。二人にとって、それは意識しなくても当たり前のことであり、我々が神社へお参りする際に、鳥居に入る時お辞儀をし、手水舎《てみずや》でお清めのために手を洗うことを当たり前のこととして行なうことに似ている。外からの視点で見れば、各々の慣習が特別なことに気付く場合もある。

このような「聖と俗」の空間がバシェヴィス・シンガーの長兄ジョシュア・シンガー(Joshua Singer)の作品にも描かれている。第二次世界大戦が近づくヨーロッパを逃げ出してアメリカに移住し、アメリカに同化し農夫になる若い主人公を扱った『ヴィリー』(*Vili*, 1936)がその好例である。後に息子ヴィリーに引き取られ、アメリカにやって来る老いた父親が、「息子の家はユダヤ律法に適合していない」と主張して家の内部を勝手にユダヤ的な「聖なる空間」に作り直し、息子との激しい確執が生まれる。伝統的なユダヤ教が骨の髄までしみ込んだ父親にとって、ユダヤ律法で規定された法に従わなければ、そこは許しがたい空間となる。家もユダヤ人が住むべき空間とはならず「俗なる空間」でしかないのだ。このように、ユダヤ教では「聖と俗」がユダヤ律法によって厳しく規定されている。

⑹ 次に「モーセ・コンプレックスとはどんな意味なのか？」という質問がフェルゼン氏からあった。イディッシュ文学にも精通し、著名な翻訳家でもある司会のフェルゼン氏もこの表現を聞いたことがないと少し恥ずかしそうに言われた。

そのくらい珍しい表現であるのかもしれない。確かに、そう言われてみれば私も「モーセ・コンプレックス」という表現を目にしたのはアイザック・バシェヴィス・シンガーの『ハドソン川の影』(*Shadows on the Hudson*, 1998)が初めてである。恐らく一般的には用いられていないのかもしれない。

シンガー文学を通して二種類の「モーセ・コンプレックス」について説明すると納得

してくれた。シンガーは、モーセが神の言葉をユダヤ人同胞に伝えているにもかかわらず、民衆は彼に従わないという「優越コンプレックス」から生じる失望と、逆にモーセの教えが頭ではわかるがそれを実行できないという「劣等コンプレックス」の二つの意味で用いている。特に後者の例として、父が敬虔なハシド派（超正統派ユダヤ教の一派）のラビであったが、父のような揺るぎない伝統的信仰心にはついて行けない「劣等コンプレックス」を感じる人物像を、シンガーはしばしば描いている。また、イディッシュ語新聞『フォワード』紙を設立した有名な編集者でもあり、同時に作家でもあったエイブラハム・カハーン（Abraham Cahan）の代表作『デイヴィッド・レヴィンスキーの出世』（*The Rise of David Levinsky*, 1917）がある。その物語では、ロシアの貧しい孤児であった主人公のユダヤ人少年がアメリカへ渡り、努力の末、ついには繊維業者として大成功を収める。しかし、社会的な成功にもかかわらず、歳を重ねた主人公は最後に、次のような後悔の念を抱く。

私は貧しい時代を忘れることはなかった。つまり、過去の自分から逃れることはできないのだ。過去の自分は、今の自分には適合しない。タルムード（ユダヤ律法）を「説教師シナゴーグ」で、身を揺らし一心不乱に読んでいた貧しかった少年時代のデイヴィッドの方が、有名な外套製造業者になった今のデイヴィッド・レヴィンスキーよりも私の真なる自分により近いように感じられる。

(Cahan, p. 530)

これはまさに、宗教的な意味での「モーセ・コンプレックス」の表れと考えられる。やはり、幼い頃に受けたユダヤ教の学問は忘れがたい意味を持ち、その域に到達できない場合には、こうしたコンプレックスを感じるもののようだ。それが伝統的なユダヤ人のメンタリティーでもあるのだろう。この感覚は、宗教的にはあまり日本人には見られないが、優秀な両親を持つ子供が劣等感に苛《さいな》まれるという例はいくらでもあるだろう。もちろん次元が全く異なるのは言うまでもないが、目標に到達できない時の挫折感「モーセ・コンプレックス」は我々日本人でもある程度は共感ができる。

(7) 次に「マイケル・シェイボン(Michael Chabon)における『イディッシュカイト』("Yiddishkeit")とはどんな意味なのか?」とイディッシュ語を母語とするコーラル氏が、一元的な意味はわかったうえで私の定義を聞いてきた。

一般にイディッシュカイトとはユダヤ人の宗教文化であるが、現在のユダヤ系アメリカ作家にとっての「イディッシュカイト」は宗教的というよりも文化・伝統的な側面が継承されていると思う。マイケル・シェイボンの代表作『カヴァリエとクレイの驚くべき冒険』(*The Amazing Adventures of Kavalier & Clay*, 2000)には、ナチス・ドイツが占領する東欧から脱出してアメリカに移住するカヴァリエ少年が、ドイツ人の厳しい国境検問を逃れるために、ユダヤ民話に出てくるプラハのゴーレムが納まった棺桶に隠れて、検問を危機一髪で逃れる描写がある。ゴーレムとは危機に陥ったユダヤ人を救うために、高名なラビ・レイブがユダヤ教の呪文を唱えて創造した土くれの人造人間である。このモデルが、アメリカ・ハリウッドでスーパーマンやスパイダーマンに変容している。このように、形を変えてユダヤ精神伝統は現代に受け継がれている。現在でも、チェコの新旧シナゴーグにそのゴーレムが保管されているというプラハのゴーレム伝説は観光資源にもなっている。実際、多くの日本人も当地を訪れる観光スポットだ。

シェイボンは巧みに、このユダヤ伝承を作品に生かしている。ゴーレムはユダヤ人の悲劇と結びつくが、ここではゴーレムの死骸が、結果として主人公の少年をドイツ人憲兵から救っているのだ。こうした背景を知ると、シェイボンが巧みにユーモアを駆使しているのが理解できる。大柄なゴーレムの土くれと少年が同じ棺桶に納まっていることを想像するだけでも滑稽である。また、ユダヤ伝統(イディッシュカイト)がアメリカへ継承される象徴性すら感じられよう。恐らく、そんな想像をしてかフェルゼン氏もコーラル氏もおかしく感じたのであろう、楽しそうな笑みを浮かべた。

この『カヴァリエとクレイの驚くべき冒険』はシェイボンの傑作ではあるが、一つ歴史的な認識の誤りがあった。それは、少年カヴァリエがシベリア横断鉄道でウラジオストクに到着し、そこから神戸へ船で渡り、その後サンフランシスコへ渡ったというくだりである。具体的に引用してみよう。

> 二日後、ジョセフはシベリア横断鉄道に乗っていた。一週間後にはウラジオストクに到着し、そこから船で神戸に向かった。神戸からは、船でサンフランシスコに渡った。
>
> (Chabon, p. 65)

この描写に一部間違いがある。それは、シベリア横断鉄道でウラジオストクに到着するところまでは問題ないが、そこから神戸に出帆するという点である。このことを指摘すると、フェルゼン氏もその私の指摘をサポートするように、大きく頷いてくれた。

一九四〇年当時、日本汽船（現JTB）の船がウラジオストクに到着したユダヤ人難民を船で輸送した先は福井県の敦賀港である。多くのユダヤ人難民が敦賀に到着すると、地元の人々が彼らを温かく迎えたのだ。記録映画でも、当時救助された元難民であった方たちが異口同音に「敦賀は天国だった」と証言している。長旅で疲れたユダヤ人難民のために銭湯「朝日湯」が一日無料で開放された事などを、懐かしそうに語る元難民の証言もある。また、お腹を空かしたユダヤ人たちに、リンゴを提供した地元の人々もあったようだ。その様子を伝える写真が今も「人道《じんどう》の港《みなと》 敦賀《つるが》ムゼウム」（Port of Humanity Tsuruga Museum）資料館に展示されている。私もそのムゼウムを訪れ、地元の人々に当時の歴史について尋ねたことがある。敦賀についての歴史的な事実を作家シェイボンにも是非伝えたいと講演中に話したので、カルフォルニア州在住の作家シェイボンにすでに伝わっているかもしれない。神戸には、敦賀から列車で移動したのであった。

フェルゼン氏は私の指摘に大きく頷いた。敦賀を経由した元ユダヤ難民ラビ・ピンハス・ヒルシプルング（Rabbi Pinchas Hirschprung）が自伝『涙の谷間』（*Fun Natsishen Yomertol: Zikhroynes fun a Polit*, 1944）をイディッシュ語で書き、敦賀での経験も詳細に記した。それを英訳（*The Vale of Tears*, 2016）しているのがフェルゼン氏自身であった。

（8）「約束の講演時間が短くなってきましたが、これだけは是非お尋ねしたい」とフェルゼン氏が前置きをして「ユダヤのユーモアと日本のユーモアの共通性はありますか？」という私の講演の華の部分に水を向けてくれた。

両者に色々な類似点があるように私には思える。例えば、シュヴィーガー（姑）と嫁の関係を話した時は二人ともに大笑いをしていた。思い当たる節があったのであろう。イディッシュ語に「姑と嫁が一軒の家に同居するのは、二匹の猫を一つの袋に入れるようなものだ」（"A shviger un a shnur in eyn hoyz zenen vi tsvey kets in eyn zak." ("A mother-in-law and a daughter-in-law in one house are like two cats in one sack.") というわかりやすい言葉がある。この辺はまさに日本の文化と共通する。一つには、ユダヤ人も日本人も親子関係が近いということであろう。アメリカの有名なミュージカルで『屋根の上のバイオリン弾き』に出てくる父親と娘たちの関係にも見られる。「父親が認めない娘たちの結婚など無効だ」と主張しながらも、可愛い娘の涙にほだされ、娘たちが選んだ相手との結婚を許す父親テヴィエの姿は日本人にも共感を呼ぶ。そのためか、日本でもすでに九百回を超える上演がなされたようだ。

もう一つ興味深いのは、日本の川柳とイディッシュ語の言葉遊びの類似性であろう。イディッシュ語でよく言われる言葉遊びに「髭のないユダヤ人の方が、ユダヤ人のいない髭よりも良い」（"A yid on a bord iz besser fun a bord on a yid."）というものがある。ユダヤ教を棄てたユダヤ人でも、ユダヤ人のいない髭そのものよりもよいだろう、つまり、「どんなユダヤ人でもいないよりはましだ」という意味である。特に十九世紀以降、同化が進んだ東ヨーロッパやアメリカのユダヤ社会で言われた言葉遊びだ。

日本語にも川柳に似たものがあることを紹介した。

「時は金、そのとおりなら金はなし」

"If time is money, I don't have any time."

イディッシュ語の言葉遊びにも似た典型的な言葉遊びである。こうしてみると、欧米で日本人にはユーモアの心があまりないと指摘されるが、必ずしもそうでないことがわかる。ユダヤ人のスタンドアップ・コメディアンのしていることは、案外日本の寄席の漫談や落語に似ている。江戸時代の長屋住まいの貧しい民衆を扱う落語にも、迫害に苦しめられたユダヤ人の言葉であるイディッシュ語の言葉遊びと一脈通じるものがある。必ずしもユダヤ人と日本人だけにあてはまるのではなく、異なる文化の中にもよく見ると似た心理があるのだろう。「笑い」には、悩み苦しむ人の心を解放する機能があるようだ。

チャットの質問に『屋根の上のバイオリン弾き』の日本における人気についての質問があったようだ。元来、このアメリカのミュージカルはショレム・アレイヘムという古典イディッシュ作家が著した『牛乳屋テヴィエ』(*Tevye der milkhiger*, 1894)を基にブロードウェイでミュージカルになった作品である。そのために世界中で愛されている作品だ。笑いとユーモアに満ちたこの作品は、前述したように日本でも最も上演回数の多い作品の一つである。そう考えると、ユダヤ文化も、かなり日本人の魂に訴える点が多いのであろう。

あっという間に予定していた一時間の講演は終了した。少し時間をオーバーしてしまったが、後で主催者に送られた聴衆からのメールはすべて好意的であったのでほっとした。

あれほど心配した新時代のズームでの海外講演も非常に楽しい経験であった。この企画を用意周到に計画してくれたフェルゼン氏やコーラル氏、そして機器操作を無難にこなしてくれたパウアーさんには深く感謝したい。誰にもましてトロント・ロサンゼルス・ニューヨークでこの講演会に参加してくださった、多くの見えない聴衆の方々にもお礼の言葉を伝えたい。

引用参考文献

Cahan, Abraham. *The Rise of David Levinsky*. New York: Harper & Brothers Publishing, 1917. (Reprinted. Tokyo: HON-NO-TOMOSHA, 1991.)

Chabon, Michael. *The Amazing Adventures of Kavalier & Clay*. New York: Picador. 2000.

Hirose, Yoshiji. *Glimpses of a Unique Jewish Culture—From a Japanese Perspective*. Tokyo: Sairyusha, 2021.

Hirschprung, Pinchas. *Fun Natsishen Yomertol: Zikhroynes fun a Polit* (Trans. Vivian Felsen, *The Vale of Tears*. 2016), Montreal: The Eagle Publishing.1944.

Kotsuji, Abraham. *From Tokyo to Jerusalem*. New York: Bernard Geis Associates, 1964.

Wiesel, Elie. *Un die Welt hot Geshvigun*. Argentina: Impreso En La Argentin, 1956.

——. *Night*. Trans. Marion Wiesel. New York: Hill and Wang, 2006.

おわりに

イギリス留学から帰って間もなく「関西書院」を訪れ、橋本敏生社長と横井三保編集人に帰朝報告を行なった。なにげなく話したオックスフォード大学での経験に、お二人共とても興味を示して下った。その経験が『関西文学』十二月号(一九九五年)から『関西文学』四月号の(一九九七年)十七回に渡り連載された。十七回にも及ぶ連載になるとは、その時点では思いもよらなかった。時代も大きく変化している現在二〇二二年に当時を振り返り、そこに現在の状況も踏まえて加筆訂正し、全十四章に書き改めたのが本書である。

留学を振り返ると、ずいぶん長旅をしたものだというのが実感である。イギリス、ドイツ、イスラエル、アメリカ、それぞれの場所でいい思い出ができた。この留学後は毎年のようにアメリカ、カナダ等で講演旅行をするようになった。巻末に載せたズーム講演会はその締めくくりのような講演であった。今考えると、私の全てはオックスフォード留学にその源泉がある。

家族で旅をするのもひとつであろうが、今回の私のように中年男の一人旅もなかなかいものである。父親であることも、夫であることも忘れ個人としての自分に戻ることができる。勝手な言い草に聞こえるかもしれないが、男でも女でもそんな時を持つことは大切であろう。そうすることで家族の有難さも、パートナーの大切さも再認識できる。何にもまして、本来の自分に戻れる、そんな気がする。

学問的にも、非常に貴重な経験ができた。朝から晩まで、ユダヤ人という色々な意味で独特な少数民族に属する方々と生活を共にできたこともその一つである。ユダヤ社会の内部に入ることは、アメリカやイギリスに何年住もうと、ほとんどの日本人には体験できない。オックスフォード大学の学寮での共同生活がそれを可能にしてくれたのだ。

すでに述べてきたように、研究所にあっては、私自身がマイノリティ民族であったので、ずいぶん心細い心境であった。伝統も宗教も共有しないことで、事実、孤立感を味わう場面も多々あった。しかし、二千年の流浪の民の苦しみを味わった歴史を決して忘れないユダヤ人は、立場の不利な私にとても優しかった。それは決して、上から下への救いの手を差し伸べるといった同情心ではない。同じ苦労を味わう者のみが示すことのできる共感のようなものである。

私がイスラエルから帰ってきてからも、ラビン首相の暗殺(一九九五年十一月四日)を契機に再び中東は予断を許さない状態になっている。オックスフォードでの生活を通して知り合いになったイスラエル人の友人も多くなったので、中東情勢は私にとっても大変心の痛む関心事になった。しかし、戦前の東欧に住み、信仰と聖書の民と考えられていた「流浪の民」と近代国家「イスラエル」のユダヤ人とはずいぶん異なる。区別する意味で私は、イスラエルのユダヤ人を「現代イスラエル人」と呼ぶ。

現代へブライ語を公用語としているイスラエル人とイディッシュ語を共通言語にしていた伝統的な東欧・ロシアのユダヤ人の相違を端的に表した一文がある。ザミラ氏が、戦前の東欧ユダヤ人を象徴するような父シンガーと、現代イスラエル人としての自分自身との相違を綴った回想録の一部である。

父は死語であるイディッシュ語でものを書き、私は現代ヘブライ語を用いた。父はディアスポラ（ユダヤ人の離散）を具現化した存在であるが、私はディアスポラを拒否した。父は悪魔や悪霊を始めどのような迷信も信じるが、私は物質主義者であり、合理主義者である。ポーランドにあって、なんとか徴兵義務を逃れようと餓死寸前までに自分を追い詰めた父。反対に、イスラエル独立戦争のために兵士として戦ったことを名誉に思う私。

（『わが父アイザック・シンガー』、広瀬佳司訳）

イスラエルを、他の国家と同様に近代国家の一つとみなせば、防衛に力を入れるのも当然のことなのかもしれない。逆に、第二次世界大戦前まで東欧・ロシアに住みイディッシュ語を用いていた信仰心の篤《あつ》い伝統的なユダヤ人のメンタリティーのほうが、現代の我々には理解しがたいところがある。

オックスフォードで正統派ラビの担当する授業を受けた時のことである。メインテーマはホロコーストであった。ラビは最初の授業で「果たして『ホロコースト』という特別な出来事はあったのだろうか？」という突拍子もない疑問を学生にぶつけてきた。「ホロコースト」を根拠もなく否定したために廃刊に追い込まれた文芸春秋の「マルコ・ポーロ」事件を思い出させるような発言である。非ユダヤ人がそんな疑問を口にすれば大変な問題発言になるところだ。私のみならず、ユダヤ人の学生もあっけにとられた。

ラビの説明はこうである。ホロコーストの規模ではないにしろ、歴史上、ポグロム（ユダヤ人大虐殺）はしばしば行なわれた。中世の十字軍もユダヤ人大量殺戮を行なった。キリスト教側の西洋歴史には出てこない影の歴史である。十七世紀中葉にウクライナのコサック、フメルニッキーによって引き起こされたポグロムもよく知られた歴史的な事件で、作家シンガーも処女作『ゴライの悪魔』（一九三五）に活写している。つまり、ホロコーストとポグロムの本質的な差はないというのである。

伝統的なユダヤ学の見地からみれば、ホロコーストもポグロムもユダヤ人の罪への神罰である。そう考えなければ、ユダヤ人大量虐殺を目の前に「沈黙をし続けた」神の意図は不可解なものとなり、一神教の信仰は揺らいでしまう。ただ、このような神学的解釈に従えば、ヒトラーも神の意図で大量殺戮を行ったことになる。信仰心の篤いユダヤ人が直面する深刻な矛盾だ。もしホロコーストが特別であるとすれば、それは神意の正当性を否定することになり、「ユダヤ人であること」の存続の危機にかかわる問題が生まれる。つまり、ニーチェではないが「神の死」の宣言となりかねない。

戦後二十年もの間、アウシュヴィッツの生存者が自分たちの経験した死の収容所についてて固く口を閉ざしていた理由のひとつが、この容易に答えられない「矛盾」にあるのだ。

もうひとつ日本人には理解しがたい「ホロコースト」の解釈がある。「ホロコースト」を「救済」とみなす考えである。

正統派ユダヤ教にあっては、救世主メシアを求める願望はいまだに強い。キリスト教のメシアはキリストとして顕現《けんげん》したわけだが、ユダヤ教ではキリスト（救世主「メシア」と同意）はただのユダヤ人説教師ヨシュアにすぎない。このことが両宗教の確執の主たる原因にもなっている。

ユダヤ教では、メシアが来る前には大災害が引き起こされると信じられている。確かに、ホロコーストで六〇〇万のユダヤ人が犠牲になったが、それは全ユダヤ人の三分の一に過ぎない。それればかりか、戦後イスラエルという国家がユダヤ人に与えられた。これが、「ホロコースト救済説」の根拠である。

現在どれほどのユダヤ人がこうした伝統的な解釈を受け入れるのかは疑問であるが、ユダヤ人であるということは、常に「神の沈黙」に対し「なぜ？」を発することなのであろう。

一般的な日本人にとれば、「なぜそんな古臭いことに固執するの?」と問い掛けたくなる問題かもしれない。しかし、その神との対話こそが、ユダヤ人の精神的な座標軸となっているのだ。

現代の日本人には欠けている絶対的な尺度を持つユダヤの人々と接することで、映画『ソフィーの世界』ではないが、私は改めて「あなたはだれ?」という基本的な問いを自分に発するようになった。私に、その都度私の思いをそのままエッセイにまとめることを勧めてくれ、雑誌に発表する機会も与えてくれたのが元『関西文学』の編集長の河内厚郎氏であった。学識豊かな文化人である河内氏は、現代的で斬新な思考方法を私に教示してくれた。そして、現在に至るまでの数十年にわたり、私に刺激を与え続けてくれる同氏への感謝は言葉では言い尽くせない。

およそ三十年の間に、欧米の多くのユダヤ系学者や一般の方々にも大変お世話になり、今まで私はイディッシュ語やイディッシュ文学研究を楽しく研究し続けることができた。また、友人の楠戸仙三郎氏・令子ご夫妻は拙著のよき読者であり、常に貴重なコメントをいただく。それればかりか、ユダヤ人に関する興味深い映画の紹介もしてもらう。また、ユダヤ教やキリスト教にも詳しい兼田恵永子氏は、優れた感性で本書の原稿を丁寧に読み、適切なコメントを送ってくれた。この場を借りて、楠戸氏ご夫妻と兼田氏にも心からお礼を申し上げたい。

最後に、本書の出版を快諾された彩流社の竹内淳夫社長、そして全体の統一から個々の専門用語の統一などの複雑な仕事を効率よくこなしてくださった編集者の朴洵利さんにお世話になった。併せて謝意を表したい。

二〇二二年(ユダヤ歴五七八二年)八月十四日

［著者について］

広瀬 佳司（ひろせ よしじ）

栃木県生まれ。関西大学客員教授（文学博士）、ノートルダム清心女子大学名誉教授。1991年「『雪片曲線』への冒険」で第25回・関西文学賞受賞。1998年、第一回日本マラマッド協会賞学術部門受賞。

著書に『ユダヤ世界に魅せられて』（2015年、［増補版］2019年、［増補新版］2020年）、*Glimpses of a Unique Jewish Culture From a Japanese Perspective: Essays on Yiddish Language and Literature*（2021年）、『ユダヤ系文学と「結婚」』（共編著、2015年）、『ホロコーストとユーモア精神』（共編著、2016年）、『ユダヤ系文学に見る聖と俗』（共編著、2017年）、『ユダヤの記憶と伝統』（共編著、2019年）、『ジューイッシュ・コミュニティ』（共編著、2020年）などがある。

中年男《ちゅうねんおとこ》のオックスフォード留学奮戦記《りゅうがくふんせんき》——ユダヤ世界《せかい》に魅《み》せられて

2022年10月15日　初版第1刷発行　　定価はカバーに表示してあります。

著　者　広瀬佳司
発行者　河野和憲

発行所　株式会社　彩　流　社

Sairyusha

〒101–0051　東京都千代田区神田神保町3–10　大行ビル6階
TEL 03-3234-5931　FAX 03-3234-5932
ウェブサイト　http://www.sairyusha.co.jp
E-mail　sairyusha@sairyusha.co.jp

印刷　明和印刷㈱
製本　村上製本所
装幀　渡辺将史

乱丁本・落丁本はお取り替えいたします。　ISBN 978-4-7791-2856-1 C0095